Anne Gold

# TOD
## auf der Fähre



Kommissär FERRARI

Friedrich Reinhardt Verlag

Ungekürzte Taschenbuchausgabe, 2010



2. Auflage 2010

Lektorat: Claudia Leuppi

Gestaltung: Bernadette Leus, www.leusgrafikbox.ch

Druck: Reinhardt Druck Basel

ISBN 978-3-7245-1691-0

www.reinhardt.ch

Wyti Blätz und stilli Egge,
Diirm und Muure, brait und grooss,
Hyyser, wo sich fascht verstegge,
Dalbeloch und Freii Strooss,

halb Seldwyla und dernääbe
au e Groossstadt, wo sich streggt,
bald verschlooffe, bald voll Lääbe,
wenn der Moorgestraich si weggt,

Lyt mit Fraid an Traditioone,
und fir s Nei doch intressiert,
gäärn baraad, die andre z flohne,
und uff ai Mool reserviert,

Stadt, wo d Wind um d Gränze waihe
und wo d Fäärni loggt und griesst
und wo graad, wenn di wottsch fraie,
dir der Fehn in d Gnoche schiesst ...

I bi doch in dyne Muure
mit der Aarbed, mit de Draim,
mit de Fraide, mit em Druure
fir e Lääbe lang dehaim.

*Aus «My Stadt» von Blasius*

# 1. Kapitel

Der Fährimann tastete sich die steilen Stufen zum Landungssteg hinunter. Das Boot schwankte in der starken Strömung unruhig hin und her. Es war Ende Juni. Der Sommer hatte mit sintflutartigen Regenfällen und Temperaturen um die zwanzig Grad begonnen. Der Pegel des Rheins stand bereits so hoch, dass die Schifffahrt seit zwei Tagen eingestellt worden war. Zum Glück kam das nicht allzu oft vor. Denn Peter Tobler liebte seinen Beruf. Diese wohl tuende Ruhe, das stete Gleiten und immerwährende Fliessen, das konnte er mit Worten nicht beschreiben. An normalen Arbeitstagen gehörte die allererste Fahrt ihm allein. In einer halben Stunde würde er dann die ersten Arbeiter vom St. Johannsquartier ins Klingental bringen. Die Touristen kamen erst später am Tag, meist nur bei schönem Wetter. Und genau das war nicht in Sicht. Die Wetterprognose sagte nach kurzen Aufhellungen neue starke Regenfälle auf den Mittag voraus.

Elender Mist. Peter Tobler hatte eine unruhige Nacht hinter sich. Irgendetwas machte ihn nervös und trieb ihn trotz Hochwasser auf seine Fähre. Er schlurfte vorsichtig über den glitschigen Steg, griff nach seinem Schlüsselbund, um die Kette an der kleinen Holztür zu öffnen. Irritiert betrachtete er die am Boden liegende, durchtrennte Kette. Peter Tobler fluchte. Chaoten hatten sich in der vergangenen Nacht einen üblen Streich ausgedacht. Das kam öfters vor. Dieses elende Gesindel schwärmte nachts durch die Stadt und machte vor nichts Halt. Eine Schande war das! Allmählich drängten sich ein paar Sonnenstrahlen durch die Wolkenwand. Auch Toblers Gesicht hellte sich etwas auf, denn seine Fähre schien keinen Schaden genommen zu haben. Keine Sprayereien, keine eingeschlagenen Scheiben. Glück gehabt. Vermutlich hatte das junge Pack nur ein paar Bierchen gekippt und sich dann wieder verzogen.

Der Fährimann öffnete die Kabinentür. Was war das? Die Tür war nicht verschlossen. «Ich werde langsam alt und vergesslich», brummte er vor sich hin, «oder …» Tobler verschlug es die Sprache. Auf dem Boden lag ein Mann. Sein erster Schrecken wich einem Wutanfall. Ein Betrunkener, dachte er. Tobler versetzte dem Mann mit dem Fuss einen Tritt, um ihn wachzurütteln. Mürrisch, noch immer fluchend, da sich der Kerl nicht rührte, drehte er den Mann unsanft auf den Rücken und starrte in die Augen eines Toten.

Das Gedränge auf dem Aeschenplatz verstärkte sich. Mühsam bahnte er sich einen Weg durch die Menschenmenge. Obwohl die Stadt über ein gut ausgebautes Netz an öffentlichen Verkehrsmitteln verfügte, hatte Ferrari den Eindruck, stundenlang auf das nächste Tram zu warten. Endlich fuhr der Achter in die Haltestelle ein und spuckte eine weitere Menschenladung aus. Ferrari stieg in den hintersten Wagen. Seine Miene verfinsterte sich unheilvoll. Der vorderste Platz auf der rechten Seite war besetzt. Das war *sein* Platz, dort sass er immer. Provokativ stand er neben diesen Sitz und wartete so lange, bis der andere Fahrgast resignierte und ihn freigab. Nicht immer siegte Ferrari in einem solchen stummen Duell, manchmal bewies ein Gast Nervenstärke und blieb einfach sitzen.

An der Rheingasse stieg der Kommissär aus, überquerte die Strasse und trottete die Treppe zur Rheinpromenade hinunter. Von Weitem sah er bereits eine Schar von Neugierigen, die eine Sensation erhaschen wollten, und zwei Polizeifahrzeuge, die das Rheinufer absperrten. Er war erstaunt, dass sich um diese Zeit so viele Menschen an der Promenade aufhielten. Er bahnte sich einen Weg durch die Menge, begleitet von bösen Bemerkungen einiger Leute, die ihn für besonders sensationslüstern hielten. Ein uniformierter Polizist erkannte ihn, salutierte und half ihm, eine Schneise zu bahnen.

Baer hatte die Spurensicherung und den Polizeiarzt mit seinem Team aufgeboten. Ferraris Assistent war ein ehrgeiziger Mann, übereifrig wäre wahrscheinlich eher der richtige Ausdruck. Baer hatte es innert Kürze zum Detektiv-Wachtmeister gebracht. Nicht immer mit legalen Mitteln, wie man munkelte. Er wurde von Staatsanwalt Borer protegiert. Und dieser Borer hatte ihm den jungen Mann als Assistenten zugeteilt, besser gesagt, aufgedrängt. Um ihm ein wenig die Flügel zu stutzen, wie sich der Staatsanwalt ausgedrückt hatte. Der letzte Fall war Baer gründlich entglitten und zu einer persönlichen Katastrophe ausgeartet. Er war mit seinen Ermittlungen in einer Sackgasse gelandet, hatte von Anfang an geglaubt, den Täter zu kennen. Nachdem ein anderer Kommissär zufälligerweise den wirklichen Täter gefasst hatte, musste Baer Abbitte leisten. Er erhielt einen Verweis mit einem Eintrag in seiner Personalakte, da die zu Unrecht beschuldigte Person eine Dienstaufsichtsbeschwerde gegen ihn eingereicht hatte. Staatsanwalt Borer liess Milde walten, versetzte ihn als Assistenten zu Ferrari, um ihn für einen oder zwei Fälle aus der Schusslinie zu ziehen, gab Baer aber unmissverständlich zu verstehen, dass er sich im Wiederholungsfalle in der Uniform wiederfinden würde.

Ferrari zog den Reissverschluss seiner Jacke hoch. Hier unten am Rheinufer wehte eine starke Bise. Er trampelte unbeholfen über den Steg zur Fähre. Der Fährimann, den er vom Sehen her kannte, sass zerknirscht auf einer Holzbank. Als er die unsicheren Schritte des Kommissärs bemerkte, erhob er sich und half ihm ins Boot.

«Vielen Dank, Herr ...»

«Tobler.»

«... Herr Tobler. Ich bin Kriminalkommissär Ferrari. Ich ermittle in diesem Fall. Haben Sie den Toten entdeckt?»

«Kommissär?»

Ferrari schmunzelte.

«Sie haben schon richtig gehört, Herr Tobler. Ä anstatt a. Lassen Sie den Kommissär einfach weg, das ist am einfachsten. Also, Sie haben den Toten entdeckt?»

«Ja. Die Kette war aufgebrochen.»

Er deutete auf den Steg. Ferrari drehte sich um. In seiner Angst, dass der klapprige Holzsteg unter ihm zusammenkrachen könnte und die schadenfreudigen Kollegen ihn aus dem trüben Wasser fischen müssten, hatte er das Holztürchen überhaupt nicht bemerkt.

«Ich dachte, dass irgendwelche Chaoten das Schloss geknackt hätten. Das ist schon öfters vorgekommen. Dann erst habe ich bemerkt, dass die Kabinentüre nicht verschlossen war. Mann, bin ich erschrocken, als da einer lag. Ich wäre fast auf ihn getreten! Und sauer war ich auch. Ziemlich unsanft habe ich ihn umgedreht.» Er machte mit dem Kopf eine ruckartige Bewegung zur Leiche hin, neben der Baer und der Polizeiarzt knieten.

Ferrari trat ins Innere und betrachtete den Toten genauer. Er lag mit entstelltem Gesichtsausdruck da, nein, falsch, mit ungläubigen, von Entsetzen geweiteten Augen. Ferrari war nahe daran, sich zu übergeben. Verstärkt wurde sein drückendes Gefühl in der Magengegend noch durch das Schwanken der Fähre.

«Ah, da sind Sie ja, Chef. Ich habe bereits alles Notwendige veranlasst. Der Mann ist wahrscheinlich erschlagen worden.»

Ferrari nickte mit zusammengepressten Lippen. Wahrscheinlich müsste er erbrechen, wenn er jetzt etwas sagen würde. Als er den Polizeiarzt Strub fragend anschaute, bestätigte dieser kopfnickend Baers Theorie.

«Die genaue Todesursache und alles Weitere erhältst du morgen früh, Francesco. Wenn du ins Büro kommst, liegt der Autopsiebericht auf deinem Schreibtisch. Du siehst bleich aus. Ist dir übel?»

Ferrari setzte sich auf die Holzbank im Innern der Kabine. Langsam bekam er seine Magenwände wieder in den Griff.

«Ich habe immer gedacht, dass ihr Italiener ein Volk von Seefahrern seid. Du scheinst aus der Art geschlagen zu sein», stichelte Strub.

Der Kommissär fühlte sich viel zu schlecht, um mit seinem Kollegen zu streiten. Das einzig Italienische an ihm war sein Name. Seine Familie lebte seit mehreren Generationen in der Schweiz. Er selbst war mit Leib und Seele Basler und sprach kein einziges Wort Italienisch, wenn man von Ciao absah. Komisch, dachte er, wie ein Name eine Verbindung schaffen kann.

«Du weisst ganz genau, Peter … ach was … was solls?», wischte er seine letzte Bemerkung mit einer Handbewegung weg. «Du bist ein hoffnungsloser Fall.»

Ferrari wandte sich wieder dem Toten zu. Er war wie ein Handwerker gekleidet. Er trug einen Overall, oben über der behaarten Brust geöffnet, dazu Turnschuhe. Seine feingliedrigen Hände passten irgendwie nicht zu seiner Kleidung. Eine attraktive, athletische Gestalt, so um die Fünfzig. Der Mann war sich seines guten Aussehens bestimmt voll bewusst gewesen. Es kam ihm vor, als ob er ihn schon einmal gesehen hätte.

«Ich kenne den Mann von irgendwoher.»

«Da bin ich sicher. Jeder hier kennt ihn, Chef.»

Und als der Kommissär seinen Assistenten fragend anschaute, fuhr dieser betont genüsslich fort. «Da liegt der berühmte Frank Brehm, seines Zeichens der bedeutendste Schweizer Künstler der Gegenwart.»

Ferrari schlug sich mit der rechten Hand gegen die Stirn. Natürlich! Frank Brehm, der grosse Basler Künstler, Gaststar an der Documenta in Kassel, hatte zahlreiche Auszeichnungen in verschiedenen Ländern erhalten und bedeutende Museen nahmen seine abstrakten Werke in ihre Sammlungen auf. Und, wenn er sich nicht irrte, dann fand zurzeit in einer Basler Galerie eine weit über die Grenzen hinaus gerühmte Ausstellung der neusten Werke des Genies statt. Gestern oder vorgestern hatte er einen ganzseitigen Bericht in der «Basler Zeitung» über die Ausstellung überflogen. Ein Loblied, eine einzige Hymne. Ferrari nahm sich vor, den Artikel zu Hause nochmals zu lesen.

«Das gibt einen interessanten Fall», hörte er Baer sagen.

«Interessant?»

«Aber ja doch, Chef. Stellen Sie sich die Publizität vor, wenn wir den Mörder stellen!», Baers glänzende Augen waren nicht zu übersehen. Er fuhr mit der Hand durch die Luft und schrieb bereits die Schlagzeilen: «Basler Polizei fasst den Mörder von Frank Brehm!»

«Vorerst wird es wohl erst einmal heissen, Frank Brehm ermordet, die Basler Polizei tappt im Dunkeln!», murmelte Ferrari.

Die Leiche wurde abtransportiert.

«Francesco. Willst du die Leiche nochmals sehen?», fragte Strub.

«Das muss nicht sein.»

«Für einen Kommissär bist du manchmal recht zart besaitet», bemerkte der Arzt, nickte Baer kurz zu und verliess die Fähre.

«Haben Sie die Personalien des Fährimanns aufgenommen, Baer?»

«Aber selbstverständlich, Chef.» In der Antwort seines Assistenten schwang eine Spur von Ärger und Arroganz mit. Baer stapfte dem Polizeiarzt nach. Der Kommissär sah sich nochmals in der Kabine um. Wahrscheinlich, nein, sicher war seinem Assistenten nichts entgangen, aber man konnte ja nie wissen. Das Innere der Kabine war schlicht und zweckmässig eingerichtet. Bänke den Wänden entlang, für die Fahrgäste, falls es regnete und sie sich ins Trockene setzen wollten. Eine Ablage mit kleinen Basler Souvenirs und eine Kiste mit persönlichen Dingen des Fährimanns. An den Wänden hingen einige Ansichtskarten, die begeisterte Touristen geschrieben hatten. Ferrari nahm ein von Blasius verfasstes Buch in die Hand. Er blätterte es durch, las ein Gedicht des Stadtpoeten, legte es zurück und strich in Gedanken versunken über den Fähri-Pin.

«Was kostet der?»

«Zehn Franken. Leider ist er nicht mehr so gefragt», antwortete Tobler.

Stimmt. Nicole, die Tochter seiner Freundin, hatte ihn ausgelacht, als er ihr vor ein paar Monaten einen Pin geschenkt hatte. Das sei doch Schnee von vorgestern. Dann halt nicht, der Kommissär liess sein Portemonnaie wieder in der Hosentasche verschwinden.

Ferrari hatte seine Freundin Monika Wenger nach dem tragischen Unfall ihres Mannes kennen gelernt. Zuerst deuteten alle Verdachtsmomente auf ein Tötungsdelikt hin. Ferrari stellte während der Ermittlungen sehr bald fest, dass Monikas Mann mit dem Leben nicht mehr fertig geworden war. Sie sprach vor einigen Monaten erstmals offen aus, was er immer wieder gedacht hatte. Sein Tod sei ein unglücklicher Zufall gewesen. Er sei gestorben, wie er gelebt habe. Nie habe er eine Entscheidung getroffen. Und das Schicksal hatte ihm die letzte abgenommen. Ferrari war Monika dankbar für ihre offenen Worte. Sie hatten zuvor nie darüber gesprochen. Ihre Offenheit war ein untrügliches Zeichen, dass sie nach Jahren endlich mit der Vergangenheit abgeschlossen hatte.

Ferrari bedankte sich bei Peter Tobler und verliess die Fähre. Baer hatte sich inzwischen an der Rheinpromenade in Szene gesetzt. Er wurde vom stadtbekannten Journalisten Norbert Strahm interviewt. Als der Kommissär sich näherte, senkte Baer verlegen seinen Blick.

«Ah, da ist ja auch der Commissario.»

Irgendwann musste er wohl oder übel einen Italienischkurs belegen, um den Vorurteilen der Leute gerecht zu werden.

«Ihr Assistent hat mich vollständig informiert. Eine sensationelle Story! Möchten Sie den Ausführungen Baers noch etwas hinzufügen?»

«Ich vermute, dass er Ihnen alles gesagt hat, was es zum jetzigen Zeitpunkt der Ermittlungen...», Ferrari konsultierte seine Armbanduhr, «und immerhin arbeiten wir bereits dreissig Minuten an diesem Fall, was es zu diesem Zeitpunkt zu sagen gibt. Und was er Ihnen nicht sagen konnte, weil wir es schlicht und einfach nicht wissen, werden Sie bestimmt dank Ihrer Fantasie sinnvoll ergänzen, damit Ihre Leser nach der Fortsetzung lechzen», fügte er mit sarkastischem Unterton hinzu. Der Journalist lachte.

«Wunderbar, wie immer bestens gelaunt. Eine wahre Quelle der Weisheit, die vor Informationen nur so sprudelt.»

«Nun, da alles gesagt ist, müssen Sie uns entschuldigen.»

Der Kommissär packte seinen Assistenten am Arm und zog ihn mit festem Griff fort.

«Was haben Sie dem Typen alles erzählt, Baer?»

«Nichts. Ich meine …», er reagierte trotzig wie ein getadeltes Kind. «Ich habe ihm nur gesagt, wer der Tote ist und wie er umgebracht wurde.»

«Dann wissen Sie mehr als ich. Bevor wir den Autopsiebericht nicht in Händen halten, sollten wir mit derartigen Auskünften vorsichtig sein.»

Baer verkniff sich eine rechtfertigende Antwort, um nicht noch mehr anzuecken.

«Jetzt brauche ich einen anständigen Kaffee und ein Croissant. Wo gibt es das hier in der Gegend, Baer?»

«Am besten gehen wir ins Café ‹Spillmann›.»

# 3. Kapitel

Schweigend überquerten sie die Mittlere Brücke. Ferrari sah auf den Rhein hinunter. Keine Frachtkähne weit und breit und auch keine Kajakfahrer in Ufernähe. Nur ein dreckigbrauner, tobender Fluss, der wahllos Äste und Sträucher mit sich riss. In der Mitte trieb ein mächtiger Baumstamm, einem Ertrinkenden gleich nach Luft schnappend, um innert Sekunden wieder unter Wasser gerissen zu werden. Nichts erinnerte mehr an den sonst so gemächlich fliessenden Rhein. Die Lieblichkeit war gewichen. Wenn der Regen anhielt, würde der Fluss bald über die Ufer treten. So wie damals im neunundneunzig. Ein heftiger Windstoss erfasste die Bäume entlang der Kleinbasler Rheinpromenade. Der Kommissär hielt sich für einen kurzen Moment am Geländer fest, während einige Passanten verzweifelt versuchten, ihre Regenschirme aufzuspannen.

Im Café «Spillmann» bestellte Ferrari zwei Cappuccino – oder hiess es Cappuccini? – und einige Croissants.

«Hören Sie, Baer, Sie wurden mir zugeteilt. Wir brauchen nicht näher darauf einzugehen weshalb. Dies ist unser erster grosser gemeinsamer Fall und, wenn es nach Borer geht, auch unser letzter. Es war mir von Anfang an klar, dass er Sie nur für kurze Zeit aus der Schusslinie ziehen will. Nach der Aufklärung, so Gott will, werden sich unsere Wege wieder trennen.»

Der Kellner brachte den Kaffee. Ferrari trank genüsslich und mit jedem Schluck besserte sich seine Laune.

«Sie wissen ganz genau, dass ich mich nicht um Sie als Assistenten gerissen habe. Sie sind ein sehr guter Polizist und Borer wird weiter an Ihrer Karriere basteln. Aber Sie und ich wissen, dass Ihr nächster grösserer Fauxpas das Ende Ihrer Laufbahn bedeutet. Ich will damit nur sagen, halten Sie sich zurück, mein Lieber. Seien Sie mit Ihren Äusserungen vorsichtig.»

Er ass ein Croissant und bestellte nochmals einen Cappuccino.

«Für Sie auch noch einen?»

«Nein, danke», brummte Baer sichtlich schlecht gelaunt.

«Bravo, jetzt sind Sie auch noch eingeschnappt. Das ist die beste Voraussetzung für eine gute Zusammenarbeit. Sie können es mir offen sagen, wenn Sie sich versetzen lassen wollen.»

«Und dann? Habe ich überhaupt eine Wahl? Meinen wichtigsten Fall habe ich vermasselt und der Kommissär, dem ich zugeteilt wurde, will mich loswerden. Das wars dann wohl. Karriere futsch, oder?»

«Ich will Sie keineswegs loswerden. Davon kann keine Rede sein. Ich will aber auch nicht Babysitter für einen übereifrigen Beamten spielen.»

Der letzte Satz war Ferrari herausgerutscht. Er hätte sich dafür ohrfeigen können.

«Ich habe verstanden, Chef. Bitte geben Sie mir Ihre Anweisungen. Sie werden keinen Augenblick bedauern, mit mir zusammenarbeiten zu müssen.»

So gewinnst du keine Freunde, Francesco, ärgerte sich Ferrari. Da sein Assistent auf stur machte und ziemlich alles an Floskeln über die Lippen brachte, die der Situation angepasst waren, betrachtete er die Diskussion als beendet. Worte konnten manchmal tödlicher sein als Waffen. Er gab seinem jüngeren Kollegen einige Anweisungen und bestellte sich, nach Baers förmlichem Abgang, einen weiteren Cappuccino.

Ferrari stellte die Fakten oder das, was er beiläufig aus der Presse und durch Monika über Frank Brehm wusste, zusammen. Brehm galt als die künstlerische Entdeckung der vergangenen Jahre schlechthin. Seine Mäzenin, die ihn entdeckt und die er dann auch geheiratet hatte, hiess Olivia Vischer. Nebst den Familien Merian, Sarasin, Burckhardt und einigen weiteren, die Ferrari nicht einfielen, gehörten die Vischers zu den alten Patrizierfamilien, die in Basel massgeblich die Fäden in den Händen hielten. Kein Anlass, kein Bankett, keine wichtige Veranstaltung konnte ohne diesen Basler «Daig» auskommen. Was für ein passendes Wort, schmunzelte Ferrari.

Nach Anfangsschwierigkeiten, denn es war ungeheuerlich, dass ein hergelaufener Taugenichts vom Lande eine Vischer heiratete, wurde Frank Brehm in den wohlhabenden Kreisen aufgenommen. Die Lästerer, die in ihm einen Heiratsschwindler, einen Erbschleicher sahen, verstummten nach und nach. Olivia Vischer hatte sich durchgesetzt, nicht zuletzt dank der Unterstützung ihres Vaters, Albert Vischer. Er hielt die Mehrheit an einem der grossen Pharmakonzerne der Stadt und zählte damit zu den reichsten Männern der Schweiz. Ferrari hörte bereits den Staatsanwalt, der ihn zu sich zitieren würde. Er wusste, dass er sehr diskret zu ermitteln hatte. Und falls er etwas zu Tage fördern würde, das in der oberen Schicht für Unruhe sorgen könnte, würde er den Staatsanwalt umgehend informieren. Die Macht des Geldes sollte man nicht unterschätzen, das hatte Ferrari früh gelernt.

Ferraris ungeliebtes Handy vibrierte. Es war Baer.

«Was gibt es?»

«Der Herr Staatsanwalt will Sie sprechen, Chef. Dringlichkeitsstufe eins!»

«Ich bin in einer Viertelstunde da.»

Der Kommissär bezahlte und verliess das Café. Er seufzte. Es war wärmer geworden, doch es regnete wieder. Mit hochgeschlagenem Kragen schlich sich Ferrari den Hauseingängen entlang. Der Regen verstärkte sich und artete ohne Vorwarnung zu einem Sommergewitter aus. Als er im Waaghof ankam, war er bis auf die Unterhose nass. Wahrscheinlich würde er sich eine Erkältung holen. Aber vielleicht immer noch besser, als sich mit der Hochfinanz anzulegen und einen mürrischen Staatsanwalt im Nacken zu spüren, der über jeden seiner Schritte genauestens informiert werden wollte. Und der notfalls eingreifen würde, falls er in ein Wespennest stechen würde. Ferrari trocknete sich mit einem Handtuch ab. Auf dem Weg zu seinem Vorgesetzten philosophierte er darüber, dass er sich an Tagen wie diesem unter der Bettdecke verkriechen sollte. Einfach gar nicht erst aufstehen. Das wäre mit Abstand das Beste.

# 4. Kapitel

Staatsanwalt Jakob Borer lief unruhig in seinem Büro auf und ab. Nervös kramte er einen Gesetzesband aus dem Bücherregal, legte ihn wieder zurück und ergriff wahllos den nächsten. Als es klopfte, öffnete er innert Sekunden die Tür, ganz entgegen seiner sonstigen Gewohnheit, Besucher mindestens ein paar Minuten warten zu lassen.

«Ah, endlich, da sind Sie ja, Ferrari. Kommen Sie herein.»

Bevor er wusste, wie ihm geschah, wurde Ferrari vom Staatsanwalt durchs Zimmer geschoben und auf einen Stuhl gedrückt. Borer eilte um den Tisch herum, schlug sich das Bein an der Tischkante an und setzte sich fluchend, das malträtierte Bein massierend, auf seinen Ledersessel.

«Eine vertrackte Geschichte.»

«Tuts weh?»

«Das meine ich nicht, Ferrari. Ich meine den Tod von Frank Brehm.»

«Ja, es scheint so, als ob ihm jemand den Schädel eingeschlagen hat.»

«Und das ausgerechnet auf dem Höhepunkt seiner Karriere.»

Der Kommissär stellte sich die Frage, ob es Frank Brehm eine Rolle gespielt hätte, sich am Anfang seiner Karriere oder erst jetzt, auf dem Zenit, ermorden zu lassen. Da er die Antwort mit ins Grab genommen hatte, behielt er die Frage für sich.

«Ich möchte Sie um eines bitten.»

Ferrari wusste bereits, was folgte: Diskretion war angesagt, weil wichtige und einflussreiche Persönlichkeiten mit dem Fall zu tun hatten, ja Taktgefühl, und er wünsche, über sämtliche Schritte, die unternommen werden, unverzüglich informiert zu werden.

«Ich bitte Sie, dass Sie alles Erdenkliche unternehmen, damit der Mörder gefasst wird. Sie haben meine vollste Unterstützung.»

Er wartete darauf, dass Borer auf den Punkt kam.

«Haben Sie mich verstanden, Ferrari?»

«Wie? Ja, natürlich. Haben Sie noch weitere Anweisungen für mich?»

«Nein, ich wollte Ihnen nur meine vollste Unterstützung signalisieren. Ich erwarte von Ihnen eine lückenlose Aufklärung des Tötungsdelikts. Und dies so schnell wie irgend möglich.»

Heute war definitiv nicht sein Tag. Schlechtes Wetter, ein Mord an einem berühmten Künstler und nicht einmal auf Borer und seine Floskeln war Verlass. Er fühlte sich unwohl und informierte sichtlich irritiert den Staatsanwalt über seine nächsten Schritte.

«Ich werde mich zuerst mit der Witwe unterhalten, wenn sie dazu in der Lage ist. Danach mit seinem

Galeristen. Ich habe gelesen, dass im Moment seine neusten Werke ausgestellt sind. Und morgen früh liegt der Autopsiebericht vor. Vielleicht bringt dieser neue Erkenntnisse. Baer besorgt inzwischen alles, was über Brehm in den letzten Monaten geschrieben wurde.»

«Sehr gut.»

Das klang, als ob die Audienz beendet wäre. Ferrari erhob sich hustend. Hoffentlich hatte er sich nicht erkältet. Jetzt würde der Staatsanwalt noch darauf hinweisen, dass der alte Vischer ein Parteifreund sei und dass er mit der nötigen Diskretion ermitteln solle.

«Ah ja, noch etwas, Ferrari.»

Die Sonne schien doch noch aufzugehen.

«Ich bin sicher, dass dieser Fall in den richtigen Händen liegt. Sie sind mein bester Mann. Sie werden ihn lösen.»

Ferrari verliess kopfschüttelnd das Büro des Staatsanwaltes.

# 5. Kapitel

Den ganzen Vormittag schob Ferrari die unangenehmste Aufgabe des Tages vor sich her, nämlich Olivia Vischer den Tod ihres Mannes mitzuteilen. Er wusste, dass ihm dies niemand abnehmen würde. Das gehörte zu seinen Pflichten. Am Nachmittag fand er keinen weiteren Vorwand, der plausibel genug war, das Gespräch länger hinauszuzögern. Er nestelte einen zerknüllten Zettel aus dem Hosensack, auf dem er sich die Adresse notiert hatte. Wie nicht anders zu erwarten, wohnten Vischers im exklusivsten Wohnviertel oberhalb der Stadt. Da Vischers Anwesen mit den öffentlichen Verkehrsmitteln nur mühsam zu erreichen war, forderte er einen Dienstwagen an. Er bat den Fahrer, der am liebsten mit Blaulicht durch die Stadt gerast wäre, ihn beim Radiostudio abzusetzen. Er wollte die letzten Meter zu Fuss gehen, um in Gedanken nochmals durchzukauen, wie er es Olivia Vischer schonend beibringen konnte.

Ferrari spazierte durch eine ihm fremde Welt. Mehrere Villen im englischen Landstil säumten den Strassenrand. Beim Vorbeigehen versuchte er die Namen auf den Briefkästen zu lesen, doch auf den meisten waren nur die Initialen zu erkennen. Seine Schritte wurden langsamer, am Ende der Sackgasse thronte die Villa der Familie Vischer, leicht erhöht am Hang. Das Haupthaus des Gebäudekomplexes erreichte man durch ein grosses Eisentor. Auf sein mehrmaliges Klingeln hin fragte ihn eine blecherne Stimme nach Name, Titel und Begehr. Ferrari beugte sich zum Lautsprecher hinunter und redete übermässig laut. Nach wenigen Minuten wurde er eingelassen. Die Blechstimme hatte zuerst das Einverständnis von Frau Vischer einholen müssen, da er sich geweigert hatte, dem Lautsprecher den wahren Grund seines Besuches anzuvertrauen. Ferrari wurde durch die Eingangshalle in den Salon geführt. Olivia Vischer bat ihn Platz zu nehmen und stellte ihm einen gewissen Dr. Hans Hauswirth vor. Ferrari setzte sich auf die Kante des Lederpolsters. Er fühlte sich alles andere als wohl in dieser Umgebung von Reichtum und Macht. Er hätte viel dafür gegeben, im jetzigen Augenblick mit Monika und Nikki auf dem Balkon eine Partie UNO spielen zu können. Frau Vischer, eine anmutige, schlanke Person mit blondem Haar, er schätzte sie auf Mitte vierzig, spürte sein Unbehagen. Sie lächelte ihm charmant zu, was ihm in jeder anderen Situation über seine Verlegenheit hinweggeholfen hätte.

«Ich weiss gar nicht, wie ich Sie korrekt ansprechen soll.»

«Ferrari, Francesco Ferrari vom Kriminalkommissariat», brachte er krächzend, einen Kloss im Hals bekämpfend, heraus.

«Herr Ferrari, darf ich Ihnen einen Kaffee oder etwas anderes anbieten?»

«Einen Cognac bitte!», sprudelte es viel zu schnell über seine Lippen. Und, um seinen unverschämten Wunsch ein wenig abzumildern, fügte er hinzu, «wenn es Ihnen nichts ausmacht.»

Dr. Hauswirth goss einen Rémy Martin in ein grosses Glas und reichte es dem Kommissär. Olivia Vischer und sich selbst mixte er einen undefinierbaren Longdrink von gelbgrünlicher Farbe. Das Cognacglas in seiner Hand gab Ferrari etwas Halt. Diskret sah er sich in der Wohnhalle um.

Er verstand nichts von Designermöbeln und nur sehr wenig von Kunst, Monika hätte ihm hier Schützenhilfe leisten können, erkannte aber immerhin eine lebensgrosse Statue von Niki de Saint Phalle und ein Mobile, das grosse Ähnlichkeit mit einigen Werken des Theaterbrunnens aufwies. Mit grösster Wahrscheinlichkeit war es von Jean Tinguely. Olivia Vischer schien sich ob des kindlich-naiven Interesses zu amüsieren.

«Gefallen Ihnen meine Kunstwerke, Herr Ferrari?»

«Äh … ich verstehe nicht sehr viel von moderner Kunst, aber die Statue dort …»

«Die Plastik», korrigierte sie ihn sanft.

«Pardon, die Plastik ist von Niki de Saint Phalle und das Ding dort …», er wollte nicht nochmals etwas Falsches sagen.

«Das Mobile.»

«Das hätte ich beinahe gesagt … das Mobile stammt von Jean Tinguely.»

«Sehr gut. Und die Bilder an den Wänden?»

«… stammen allesamt von Ihrem Mann!», hörte sich Ferrari sagen und wurde dadurch wieder in die Wirklichkeit zurückgeholt. Dr. Hauswirth trat ungeduldig von einem Fuss auf den anderen.

«Olivia, Herr Ferrari ist bestimmt nicht gekommen, um sich mit dir über deine Kunstsammlung zu unterhalten.»

«Nicht?», fragte sie lächelnd. «Habe ich etwa falsch parkiert oder wollen Sie mich wegen Drogenmissbrauchs verhaften?»

«Weder – noch, Frau Vischer. Ich … ich ermittle in einem Tötungsdelikt.»

«Tötungsdelikt? Interessant! Dann habe ich jemanden umgebracht. Oder du vielleicht, Hans. Das wird jetzt aber spannend», sie wandte sich Hauswirth zu.

«Olivia, bitte, Herr Ferrari ist mit Sicherheit aus einem ernsthaften Grund bei uns, nicht wahr?»

«Ja, ich … wir fanden heute früh eine Leiche … es handelt sich um eine männliche Leiche … es handelt sich um Ihren Mann, Frau Vischer.» In die eintretende Stille hinein ergänzte er, «wir müssen leider davon ausgehen, dass er keines natürlichen Todes gestorben ist. Er wurde ermordet. Ich möchte Ihnen mein herzliches Beileid aussprechen, Frau Vischer.» Er erhob sich abrupt, drückte ihr die Hand und liess sich wieder auf seinen Sessel plumpsen. Jetzt war es draussen. Ferrari war sichtlich erleichtert, die schwere Bürde der Todesnachricht von sich abgeschüttelt zu haben. Er hatte sie an Olivia Vischer weitergereicht. Sie tauschte mit Hauswirth Blicke aus, was Ferrari nicht entging. Es kam ihm so vor, als ob er sie vor etwas warnen wollte.

«Wunderbar! Endlich mal jemand, der mit einer guten Nachricht ins Haus kommt!», sagte Olivia Vischer emotionslos und in einer Tonlage, als ob sie soeben den Wetterbericht im Fernsehen vorgelesen hätte. Einzig eine Spur von Sarkasmus konnte der Kommissär der Stimme entnehmen.

«Olivia, bedenke, was du sagst!», wurde sie von Hauswirth ermahnt. «Entschuldigen Sie, der Schock … Frau Vischer weiss nicht, was sie sagt.»

Olivia Vischer nahm dem perplex starrenden Ferrari seinen leeren Cognacschwenker aus der Hand, goss einen Rémy Martin nach, drückte ihm das gefüllte Glas in die Hand und prostete ihm zu.

«Auf Ihr Wohl.»

Nach einer Schreckminute, in der er zuerst einmal das eben Gehörte verdauen musste, begannen seine grauen Zellen langsam wieder zu arbeiten. Er sah auf sein Glas und nahm einen kräftigen Schluck, einen übermässig grossen Schluck, der zu einem Hustenanfall führte.

«Entschuldigung … entschuldigen Sie», keuchte er, noch immer durch heftigen Hustenreiz geplagt, «aber

… das … habe … ich in meiner langjährigen Laufbahn noch nie gehört.» Dankbar nahm er von Hauswirth ein Glas Wasser entgegen.

«Besser?», fragte Hauswirth.

«Viel besser.» Er atmete tief durch. Olivia Vischer schien sich spitzbübisch zu freuen.

«Ich habe Sie aus dem Konzept gebracht, nicht wahr? Da kommen Sie mit einem Stein im Magen hier herauf, bringen mir schonend den Tod meines Mannes bei und finden statt einer von Weinkrämpfen geschüttelten Witwe die eiskalte, bestens gelaunte Dame des Hauses vor.»

«Es ist schon, sagen wir einmal, eine ungewöhnliche Situation, mit der Sie mich konfrontieren.»

«Und für die ich Ihnen eine Erklärung schulde.»

Ferrari kippte den kümmerlichen Rest seines Cognacs runter. Eigentlich schade um so einen guten Tropfen, dachte er. Unter anderen Umständen würde er sich diesen auf der Zunge zergehen lassen.

«Noch einen?»

«Ich weiss nicht.»

Als Frau Vischer auffordernd mit der Flasche winkte, konnte er nicht widerstehen. Seufzend ergab er sich in sein Schicksal.

«Ich wäre Ihnen in der Tat für eine Erklärung dankbar, Frau Vischer», bat er höflich mit einem kleinen Zungenschlag. Kein Wunder nach drei Rémy Martin auf ziemlich nüchternen Magen. Ausser den Croissants hatte er heute noch gar nichts gegessen.

«Frank hat den Tod verdient!», begann sie ihr Bekenntnis.

«Olivia, niemand verdient den Tod!», protestierte Hauswirth.

Die undefinierbaren Longdrinks, sie hatte inzwischen auch bereits drei oder vier in sich hineingeschüttet, zeigten Wirkung.

«Lass mich ausreden, Hans, sonst fliegst du raus. Ist das klar?»

Er nickte. Wahrscheinlich kannte er das Stadium, in dem sich Olivia Vischer befand, und hielt es für angebracht zu schweigen, damit die Situation nicht vollständig eskalierte.

«Ich habe ihn geliebt … ich habe ihn vergöttert … ihn angebetet … den jungen, genialen Frank Brehm. Nächtelang sassen wir zusammen, diskutierten, wollten die Welt aus den Angeln heben. Er mit seinen fantastischen Ideen, ich mit meinem Geld.» Das Wort Geld klang wie ein Fluch.

«Ich hätte alles für ihn getan … alles! Seinetwegen sogar auf mein Geld verzichtet. Es wäre mir egal gewesen. Frank war Gott … und Teufel zugleich!»

Ferrari sah sie fragend an.

«Gott, weil er mir Liebe gab, mir Aufmerksamkeit schenkte. Weil er mir die Schönheit der Welt zeigte, Gott, weil er mit seinen Händen ein Schöpfer war. Und Teufel, weil er alles zerstörte, was sich ihm in den Weg stellte, weil er alle benutzte, die ihn liebten … weil er …»

Olivia Vischer verstummte, Tränen rollten über ihre Wangen. Die Vergangenheit, die Erinnerungen an Frank Brehm hatten sie gefangen genommen. Hauswirth versuchte, ihr das leere Glas wegzunehmen. Sie umklammerte es so fest, dass der Kommissär befürchtete, es werde zerspringen. Mit schweren Beinen erhob sich Ferrari und ging auf Olivia Vischer zu. Als er in ihre leeren Augen blickte, wusste er, dass sie nicht mehr ansprechbar war.

Er bat Hauswirth, ihn zum Ausgang zu begleiten.

«Sie gibt es zwar nicht zu und sie wird es auch nie zugeben, sie ist eine sehr starke Person, aber Franks Tod hat sie härter getroffen, als sie Ihnen weismachen wollte.»

Ferrari nickte bloss.

«Ich muss sie wahrscheinlich nochmals belästigen. Ich muss wissen, was Herr Brehm für ein Mensch gewesen ist. Wer sich hinter der Maske des Künstlers Brehm versteckt hielt. Kannten Sie ihn gut, Herr Dr. Hauswirth?»

«Gut ist zu viel gesagt. Wir kannten uns. Aber Freunde waren wir nicht.»

Zu weiteren Auskünften war Hauswirth nicht zu bewegen. Er führte Ferrari zum Tor, wollte anscheinend Gewissheit haben, dass der Kommissär das Anwesen auch wirklich verliess.

«Rufen Sie doch bitte vorher an, damit Sie sich nicht umsonst bemühen müssen», bat Hauswirth. Und damit du genügend Zeit hast, dich und Frau Vischer auf meinen Besuch einzustellen, ergänzte Ferrari in Gedanken.

«Ach ja, erlauben Sie mir bitte eine letzte Frage. Sind Sie der Hausarzt von Frau Vischer?»

Er lachte und zeigte dabei seine ebenmässig weissen Zähne.

«Nein, wo denken Sie hin? Ich bin der Anwalt der Familie. Mein Hauptgebiet ist eigentlich Strafverteidigung. Übrigens, Staatsanwalt Borer, Sie kennen ihn bestimmt, ist ein Studienkollege von mir.»

Wie hätte es auch anders sein können, murmelte Ferrari vor sich hin. Er nahm den Fünfzehner, fuhr bis zum Aeschenplatz, wo er in den Dreier Richtung Birsfelden umstieg, ohne das Geringste um sich herum wahrzunehmen. Ferrari wohnte in der Nähe der Endstation nahe am Waldrand in einem Einfamilienhaus, das Monika gehörte. Wie jeden Abend genoss er es, aus der stickigen Stadt hinauszufahren. Hier konnte er Sauerstoff tanken und abschalten, zumindest versuchte er es.

«Du bist schon da, das freut mich», rief Monika gut gelaunt.

«Es gibt Tage, an denen geht alles schief. Heute war so ein Tag.»

«Hast du schon etwas gegessen?»

«Nein, nur drei Croissants. Aber getrunken habe ich schon einiges», gestand er kleinlaut.

«Man riecht es», bemerkte sie trocken. «Ich koche uns Spaghetti. Oder hättest du lieber Lasagne?»

Monika hantierte eifrig in der Küche, sie hörte zwar den Fernseher im Wohnzimmer, erhielt aber keine Antwort. «Francesco! Was ist jetzt, Spaghetti oder Lasagne? Oder möchtest du was anderes?»

Da er ihr die Antwort schuldig blieb, ging sie ins Wohnzimmer und fand einen vor dem laufenden Fernseher eingeschlafenen Kommissär vor, auf dessen Bauch die Fernbedienung rauf und runter hüpfte.

## 6. Kapitel

Ein weiterer trüber Tag begann mit einem heftigen Gewitter. Über dem Hardwald lag Dunst. Ferrari hatte sich mit seinem neusten Gillette-Mach3-Nassrasierer mit der Sie-können-sich-nicht-mehr-verletzen-Garantie an einer empfindlichen Stelle im Gesicht geschnitten. Sie sollten ihn einmal für die Gillette-Werbung nehmen. Die Firma würde innert Kürze Konkurs anmelden. Er stillte das Blut mit einem Handtuch, das gerade in der Nähe lag, und benötigte danach zehn Minuten, bis er das Blut wieder aus dem Handtuch ausgewaschen hatte. Monika würde es trotzdem bemerken. Er betrachtete sich im Spiegel. Da soll jemand sagen, dass wir Männer nicht eitel sind. Und wie wir das sind, dachte er. Er besah sich von der Seite, zog seinen Bauch leicht ein und richtete sich zur vollen Grösse von einem Meter fünfundachtzig auf, um seiner Figur Geltung zu verschaffen. Frauen würden sich auf der Strasse nicht gerade nach ihm umdrehen, aber er hatte sich mit seinen fünfundvierzig Jahren gut gehalten. Und das, obwohl er keinen regelmässigen Sport trieb. Gut, ab und an stieg er aufs Velo, doch über dreissig Kilometer gingen seine Tagesetappen nie. Den Schnurrbart hatte er vor Jahren abrasiert, eine gute

Entscheidung. Einzig die sich langsam abzeichnenden kahlen Stellen in seinem schwarzen Haar störten ihn empfindlich. Doch Monika versicherte ihm immer wieder, dass sie ihn auch mit Glatze unwiderstehlich fände. Hoffentlich. Am besten gefielen ihm seine braunen Augen, sie strahlten Wärme und Menschlichkeit aus. Wenn auch nicht immer. Im Grossen und Ganzen war er mit sich zufrieden. Ja, das war er.

Monika war von Beruf Apothekerin. Nach dem Tod ihres Vaters hatte sie jahrelang die Apotheke geleitet. Seit der Geburt ihrer Tochter war diese an ein befreundetes Ehepaar verpachtet worden. Monika machte Urlaubsvertretung und sprang ein, wenn jemand krank wurde. Bei den damaligen Ermittlungen im Todesfall ihres Mannes war ihr Ferrari mit Rat und Tat zur Seite gestanden und sie hatte seine Ratschläge dankbar angenommen. Ehrlicherweise, und das hatte er bis heute nicht gebeichtet, hätte er den Fall früher abschliessen können, doch er wollte so lange wie möglich in Monikas Nähe bleiben.

Sie hatten zwar danach noch einige Zeit telefonischen Kontakt, aber Ferrari brachte nie den Mut auf, sie zum Essen oder auf einen Kaffee einzuladen. Er verfluchte sich wegen seiner Schüchternheit. Aber er kam nicht dagegen an. Seine früheren Bekanntschaften hatten immer irgendwie den Anfang gemacht. Im Nachhinein musste er darüber lachen, wie oft er in seiner Dreizimmerwohnung im Gundeldingerquartier vor dem Spiegel eine Einladung ausgesprochen und sie dann wieder hinausgezögert hatte. Mit den haarsträubendsten Argumenten, nur, weil er keine Abfuhr von Monika riskieren wollte.

Eines Tages, er wusste noch genau, es war am 8. August, seinem Geburtstag, lud sie ihn zum Essen ein. Sie sagte ihm auf den Kopf zu, dass er ein Feigling sei und dass aus ihnen nichts werde, wenn sie nicht die Initiative ergreifen würde. Also mache sie, nachdem sie lange genug auf ihn gewartet habe, den ersten Schritt. Er solle jedoch nicht glauben, dass dies in diesem Stil weiterginge. Eine Frau wolle umworben werden. Dies liess er sich nicht zweimal sagen. Und so zog er kurze Zeit später bei Monika und Nikki ein.

Monika erwartete ihn bereits in der Küche mit dem Frühstück.

«Ich möchte mich noch für den gestrigen Abend entschuldigen.»

Sie lachte.

«Du hättest dich sehen sollen, mit der Fernbedienung auf deinem Schwabbelbauch.»

«Du hättest mich wecken sollen. Jetzt hab ich ein ganz steifes Genick. Ich schlafe nicht gern die ganze Nacht auf der Couch.»

«Du hast dich am Kinn geschnitten, Liebling.»

«Wenn ich jemals einen dieser Werber in die Finger kriege, die einem das Unmögliche versprechen, drehe ich ihm den Hals um.»

«Du würdest dich wahrscheinlich noch mit einem Wattebauschen schneiden, da verfügst du über eine besondere Gabe. Übrigens, ich habe von deinem neuen Fall im Radio gehört.»

«Dann ist es also schon publik. Ich wollte gestern mit dir darüber sprechen. Aber Frau Vischers Cognac gab mir den Rest.»

«Olivia Vischer?»

«Frank Brehms Gattin.»

«Man hörte in letzter Zeit nicht viel Gutes über Frank Brehm.»

«Erzähl weiter. Ich wollte dich sowieso fragen, was du über den Künstler weisst. Du gehst doch noch ziemlich oft an Kunstanlässe.»

«Böse Zungen behaupten, dass er ausgebrannt gewesen sei.»

«Aber die Kunstkritik, die ich gelesen habe, war alles andere als ein Verriss.»

Ferrari schenkte Monika eine zweite Tasse Kaffee ein.

«Böse Zungen sagen auch, dass er in letzter Zeit vorwiegend Kunst machen liess und nicht mehr machte.»

«Das ist mir zu hoch.»

«Er habe seine Werke nicht mehr selber gemalt, sondern sie von einem Mitarbeiter malen lassen und sie dann signiert.»

«Geht sowas überhaupt? Das ist doch Betrug.»

«Die Leute wollen ein Werk von Frank Brehm. Ein echter Brehm zeichnet sich durch seine Unterschrift aus. Es muss also signiert sein und den Stempel der Galerie tragen. Dann ist alles in Ordnung.»

«Interessant und was erzählt man sich sonst noch?»

«Dass Olivia Vischer den Geldhahnen zudrehen wollte.»

«Das wird ihn nicht weiter gestört haben. Durch seine Verkäufe ist er bestimmt ein reicher Mann geworden.»

«Er führte ein aufwändiges Leben. Wenn nur die Hälfte stimmt, was man so über ihn munkelt, dann muss er schon mehr als gut verkauft haben, um seinen Lebensstil finanzieren zu können.»

«Ich kann mir nicht vorstellen, dass man das viele Geld so einfach verpulvert.»

«Das übersteigt deine Vorstellungskraft, mein Schatz», sie gab ihm einen sanften Nasenstüber, «aber wir reden hier von anderen Dimensionen. Er flog zum Beispiel in einem Privatjet von einer Ausstellung zur anderen.»

«Und ich fahre mit dem Tram von einem Termin zum anderen.»

Sie lachte.

«Oh, da kommt ja mein Töchterchen. Nikki, es ist Zeit für die Schule.»

Ferrari nahm sich vor, am Abend nochmals mit seiner Freundin über Frank Brehm, und was man über ihn tratschte, zu reden. Er küsste Monika und begleitete Nicole zur Schule. In den fünf Minuten, die sie gemeinsam zurücklegten, erfuhr der Kommissär mehr über Freud und Leid einer Primarschülerin im vierten Schuljahr als zu Hause mit bohrenden Fragen, die meistens mit dem Zuschlagen einer Türe endeten.

Désirée ist zurzeit total blöd, was sich in der grossen Pause wieder ändern würde. Mit Christoph wird sie nie mehr zusammen spielen, bis zum Nachmittag. Der Lehrer ist ein dummer Langweiler und vor allem ungerecht in der Beurteilung von Nicoles Mathekenntnissen.

«Gehst du mit mir zu Anastacia?»

«Zu wem, bitte?»

«Anastacia gibt in der St. Jakobshalle ein Konzert. Mami will nicht. Sie hat mir gesagt, ich soll dich fragen.»

Langsam dämmerte ihm, wer Anastacia war.

«Ist das nicht die mit der Brille?» Eine eigenartige Beschreibung für eine Sängerin, die er da verwendete …

«Genau. Und? Komm schon.»

Sie gab ihm einen freundschaftlichen Stoss und sah ihn erwartungsvoll an. Bei so viel Überzeugungskraft konnte Ferrari nicht Nein sagen.

«O.k. Aber halt mal, wie kommen wir an die Tickets ran?»

«Die Tickets musst du unbedingt noch heute im Vorverkauf holen. Vielleicht ist morgen das Konzert schon ausverkauft.»

Ohne eine Antwort abzuwarten, küsste sie ihn auf die Wange und rannte pünktlich mit dem ersten Läuten ins Schulhaus.

Schmunzelnd trottete er zur Haltestelle weiter. Er würde die Tickets am besten gleich holen. Bis er den

Bankenplatz erreichte, waren die Vorverkaufsstellen bestimmt schon geöffnet. Um halb neun betrat Ferrari sein Büro mit zwei Konzerttickets in der Tasche und um den ungeheuren Betrag von zweihundertvierzig Franken ärmer.

Auf seinem Schreibtisch lag der Autopsiebericht, der bestätigte, dass Frank Brehm mit einem stumpfen, wahrscheinlich runden Gegenstand gegen ein Uhr nachts erschlagen worden war. Als Tatort konnte mit fast hundertprozentiger Sicherheit die Fähre ausgeschlossen werden. Der oder die Täter hatten den Künstler an einem anderen Ort ermordet und die Leiche dann auf die Fähre geschleppt. Brehm hatte zur Todeszeit eine gigantische Menge Alkohol im Blut und verschiedene Medikamente geschluckt. Ferrari las die Fachausdrücke der Medikamente. Daneben stand, mit Bleistift fein säuberlich notiert, die Übersetzung für den Laien. Irgendwie kam Ferrari die Zusammensetzung sinnlos vor. Einerseits handelte es sich um Aufputschmittel, andererseits um Beruhigungsmittel sowie um Spuren von Kokain. Wie kam ein Mann dazu, gleichzeitig Aufputsch- und Beruhigungsmittel zu sich zu nehmen?

Er wählte die Nummer des Polizeiarztes. Es ging niemand ran, Strub war anscheinend nicht da. Ferrari notierte sich seine Frage und begann aufmerksam die Zeitungen zu lesen. Allesamt berichteten sie auf der Titelseite über den Mord. Früher hatte man sich in Basel damit begnügt, zwei lokale Zeitungen zu lesen. Doch nach deren Fusionierung war man darauf angewiesen, als Zweitzeitung eine Zürcher Zeitung zu abonnieren. Die «Basler Zeitung» berichtete sachlich über den Fund der Leiche und betonte im Tageskommentar, welch tragischen Verlust der Tod von Frank Brehm für die Stadt bedeutete. «Kunstskandal oder Eifersuchtsdrama?», titelte der «Blick». Oder hatte womöglich sogar die Mafia ihre Hand mit im Spiel? Und die «Neue Zürcher Zeitung» spekulierte darüber, dass die Werke von Frank Brehm in nächster Zeit nicht mehr zu bezahlen sein würden. Informationen, die Ferrari weiterhalfen, fand er in keinem der Berichte.

Dann wandte er sich dem Dossier zu, das Baer zusammengestellt hatte. Dabei fiel ihm auf, dass er Baer noch nicht gesehen hatte. Es war inzwischen immerhin bereits halb zehn. Gerade, als er sich in der Zentrale nach ihm erkundigen wollte, trat dieser mit hochrotem Kopf ein und liess sich auf seinen Bürostuhl fallen.

«Guten Morgen, Baer, geht es Ihnen nicht gut?»

«Nicht besonders. Ich war drüben beim Alten.»

«Bei Borer?»

«Er hat die Zeitungen gelesen.»

«Und?»

«Mein Interview mit dem Journalisten hat ihn grausam geärgert.»

Das konnte sich der Kommissär lebhaft vorstellen. Interviews zu geben und sich dabei in Szene zu setzen, gehörten zu Borers Lieblingsbeschäftigungen. Zwischen ihm und dem Staatsanwalt gab es eine unausgesprochene Vereinbarung. Borer hielt ihm den Rücken frei und manchmal hatte er ihn für seine Loyalität echt bewundert, während er seinerseits dem Staatsanwalt sämtliche Öffentlichkeitsarbeiten überliess.

«Die Welt sieht morgen wieder anders aus, Baer.»

«Er hat mir gedroht, dass er mich zur uniformierten Polizei zurückschicken werde.»

«Kopf hoch, so heiss wird die Suppe nicht gegessen. Aber, ich habe Sie gewarnt.»

Damit war für Ferrari das Thema beendet. Er trank seinen Kaffee und studierte aufmerksam die Presseberichte über Brehm, die Baer in der kurzen Zeit zusammengetragen hatte. Baer hatte ausgezeichnete Arbeit geleistet. Aus der «Basler Zeitung» konnte er alle Stationen der letzten Ausstellungen von Brehm nachvollziehen. London, New York, Tokio, zuletzt München und Basel. Die Kritiker der auswärtigen Zeitschriften und Zeitungen lobten den Künstler in den letzten Berichten nicht mehr so überschwänglich wie die Schreiberlinge der «Basler Zeitung». Manche sprachen gar von fehlender künstlerischer Entwicklung und davon, dass eine Schaffenspause dem Künstler gut anstehen würde, bis hin zur ketzerischen Frage des Feuilletonchefs des «Tages-Anzeigers», ob es nicht an der Zeit sei, die Mitarbeiter auszutauschen. Das erinnerte den Kommissär wieder an die Bemerkung seiner Freundin, dass man munkelte, der Künstler würde nicht mehr selber malen.

«Was hat eigentlich die Untersuchung des Ateliers ergeben, Baer?»

«Noch nichts Neues. Wir warten noch auf ein paar Ergebnisse. Das Atelier ist eine ziemlich stinkende Bude. Überall lagen leere Whiskyflaschen rum. Es sah beinahe so aus, als ob er dort vor Kurzem eine Orgie gefeiert hätte. Wollen Sie einen Blick reinwerfen?»

«Im Augenblick nicht. Eine Spur von der möglichen Tatwaffe?»

«Nein. Nichts. Nur Blut auf dem Boden. Wir suchen noch. Wir haben den Raum versiegelt. Übrigens, ein Herr Wohlfahrt hat angerufen.»

«Wohlfahrt? Der Name sagt mir doch etwas.»

«Das ist Brehms Galerist, ich meine natürlich … war.»

«Sehr gut, den wollte ich sowieso sprechen. Wo finde ich die Galerie …?»

«… Schneider & Wohlfahrt, am Spalenberg. Sie ist ziemlich gross. Die können Sie nicht verfehlen.»

# 7. Kapitel

Ein Spaziergang vom Waaghof ins Stadtzentrum dauerte ein paar Minuten. Ferrari ging zu Fuss, denn so liess sich einfach besser denken. In der Gerbergasse holten ihn Erinnerungen ein, keine besonders guten. Als junger Draufgänger war er vor dem Restaurant «Walliser Kanne» in eine Schlägerei verwickelt worden. Sein Kollege hatte einen ausgeschriebenen Delinquenten erkannt. Als sie ihm die Handschellen verpassen wollten, wurden sie von dessen Kumpanen zusammengeschlagen. Die Prügel hatte er schnell überwunden. Dass er sich aber so leicht hatte übertölpeln lassen, daran nagte er über ein Jahr. Noch am gleichen Abend, während sie auf der Notfallstation verarztet wurden, erhielten sie die Meldung, dass ein anderes Team den Ausgeschriebenen festgenommen hatte. Auch zwanzig Jahre später schmerzte Ferrari der Gedanke an sein damaliges Versagen.

Die Galerie belegte drei Stockwerke eines Altstadthauses mit einzigartiger Atmosphäre. Sie gehörte zu den international anerkannten Galerien in Basel, denen der Durchbruch über die nationalen Grenzen hinaus gelungen war. Nicht zuletzt hatte Frank Brehms Reputation massgeblich dazu beigetragen, dass berühmte Künstler bei Schneider & Wohlfahrt anklopften, um auszustellen. Wolfgang Schneider war der Kaufmann des Duos und Thorsten Wohlfahrt hatte die künstlerische Leitung unter sich. So viel hatte Ferrari bereits aus den Zeitungen erfahren. Wohlfahrt begrüsste den Kommissär wie einen alten Bekannten.

«Herzlich willkommen in unserer Galerie. Fühlen Sie sich bitte wie zu Hause. Eine schreckliche Angelegenheit, ein immenser Verlust für die Kunstwelt. Ich kann es noch gar nicht fassen! Am vergangenen Sonntag waren wir noch mit Frank zusammen. Er sass genau auf dem Stuhl, auf dem Sie jetzt sitzen. Wir sprachen über die nächsten Ausstellungen. Ich musste sie allesamt absagen. Unfassbar das Ganze.»

Ferrari hörte höflich und geduldig dem Geplapper des Galeristen zu.

«Was für ein furchtbares Ende. Noch nicht einmal auf dem Höhepunkt seiner Karriere.»

«Da habe ich aber ganz etwas anderes gehört», warf Ferrari ein.

«Was haben Sie gehört, Herr Ferrari?» Seine Stimme klang beleidigt.

«In verschiedenen Zeitungen konnte man lesen, dass Frank Brehm seinen Zenit überschritten hatte.»

«Zeitungen! Alles Schmierfinken! Verkrachte Existenzen, die selber in einer Garage heimlich Bilder malen. Und die dann über ein Genie wie Frank, der ganz oben steht, herziehen. Wissen Sie, wie viele Möchtegernkünstler ich an einem einzigen Tag abwimmeln muss? Und dann entdeckt man einmal einen Mann wie Frank Brehm und was passiert, er wird ermordet.»

Die Türe zu seinem Büro öffnete sich und eine Mitarbeiterin trat mit einer Unterschriftenmappe ein.

«Legen Sie die Mappe auf den Tisch und danach will ich nicht mehr gestört werden. Von niemandem! Wo sind wir stehen geblieben? Ach ja, Kunstkritiker, alles verklemmte Nestbeschmutzer, die eine malende Hausfrau nicht von einem Genie unterscheiden können.»

Ferrari hätte gern den Unterschied zwischen einem echten Künstler und einer malenden Hausfrau gewusst, hütete sich aber, die Frage zu stellen, da ihn die Erläuterungen wahrscheinlich weitere zwanzig Minuten gekostet hätten.

«Herr Wohlfahrt, ich habe einige Fragen an Sie und ich wäre Ihnen sehr dankbar, wenn Sie mir diese so objektiv und sachlich wie möglich beantworten könnten.»

«Bitte, Herr Ferrari, bitte fragen Sie.»

«Seit wann kennen Sie Herrn Brehm?»

«Seit ungefähr zwanzig Jahren. Ich habe ihn entdeckt. Sie müssen wissen, dass ich immer Doppelausstellungen organisiere. Mir ist es gelungen, eine Symbiose von bekannten und unbekannten Künstlern zu schaffen. Die bekannten Künstler ziehen die Leute an und dadurch kann auch ein unbekannter Künstler an die Öffentlichkeit treten.»

«Aber soweit ich sehe, zeigen Sie hier nur Bilder von Frank Brehm.»

«Das ist meine einzige Ausnahme. Frank ist … war mein wichtigster Künstler. Er hat mich gebeten, ihn nur in Einzelausstellungen zu zeigen. Das konnte ich ihm unmöglich abschlagen.»

«Wie funktioniert eigentlich eine Zusammenarbeit zwischen einem Galeristen und einem Künstler?»

«Da gibt es verschiedene Modelle. Mit Frank haben … eh, hatten wir einen Exklusivvertrag abgeschlossen. Alle Verkäufe wurden durch uns abgerechnet. Für eine Ausstellung in unseren Räumen erhalten wir vierzig Prozent, bei allen weiteren Ausstellungen zehn Prozent der Verkaufssumme, die ausstellende Galerie oder das Museum vierzig Prozent und der Rest geht an den Künstler.»

«Das heisst, der Künstler erhält je nachdem fünfzig oder sechzig Prozent von jedem verkauften Bild?»

«Richtig. Es gibt natürlich Galerien, vor allem in Amerika, die verlangen bis zu siebzig Prozent der Verkaufssumme. Da hat aber Frank nicht mitgespielt. Auf unverschämte Forderungen ist er nie eingegangen.»

«Und wenn man von einem Jahresumsatz spricht, wie hoch war dieser bei Herrn Brehm?»

«Anfänglich handelte es sich um kleine Summen. Ich kann mich noch gut an die erste Ausstellung erinnern. Wir setzten 20 000 Franken um. In den letzten zehn Jahren hat Frank immer zwischen zwei und vier Millionen pro Jahr verdient.»

«Das ist viel Geld.»

«Das hängt vom Blickwinkel ab. Wenn Sie es mit den Verhältnissen von Olivia Vischer vergleichen, sind vier Millionen ein Pappenstiel. Wenn Sie es dagegen mit Ihrem Gehalt vergleichen, ist es richtig viel Geld.»

Womit der Galerist den Nagel auf den Kopf getroffen hatte.

«Wissen Sie, wie Herr Brehm Frau Vischer kennen gelernt hat?»

«Es war an einer Vernissage, der zweiten Ausstellung, glaube ich. Frau Vischer war ganz begeistert von seinen Werken. Und von ihm. Es war Liebe auf den ersten Blick, wenn Sie mir diesen abgedroschenen Ausdruck erlauben.»

«Und bei Herrn Brehm?»

«Nun, wissen Sie, Künstler sind eigenartige Personen. Wie soll ich Ihnen das erklären?» Er dachte angestrengt nach. «Ein wirklich grosser Künstler liebt nur sich selbst. Ich weiss, was Sie jetzt sagen wollen, das sei sehr egoistisch. Natürlich ist es das. Ich gehe sogar noch einen Schritt weiter. Er duldet niemanden neben sich, der ihm zur Konkurrenz werden könnte, und tanzt immer auf einem Vulkan, geht an seine Grenzen und manchmal darüber hinaus. Und Frank … nun, er ist, pardon, er war ein grosser Künstler. Aber ich glaube nicht, dass Sie das verstehen können.»

«Wenn ich Ihre Beschreibung richtig interpretiere, bedeutet das, dass er Frau Vischer nicht geliebt hat.»

«Nein, nein, das ist vollkommen falsch. Sehen Sie, ich habe es ja gesagt, Sie verstehen nicht, was ich meine. Ich gebe zu, es ist auch nicht einfach zu begreifen. Sicher hat Frank Olivia geliebt. Mit der Zeit ist die Liebe dann vielleicht … na, sagen wir, abgeflacht. Jeder ist seinen eigenen Weg gegangen.»

«Das heisst im Klartext, dass Frank Brehm Olivia Vischer geliebt, benutzt, ausgebeutet und, nachdem er sie nicht mehr brauchte, wie einen alten Handschuh weggeworfen hat.»

«Eine äusserst eigenwillige Interpretation meiner Worte, Herr Ferrari. Aber, wie gesagt, ich glaube nicht, dass Sie mit Ihrem … äh … logischen Denkvermögen die komplexen Gedankenströme eines Genies verstehen können.»

«Sie meinen, das Spatzenhirn eines Polizisten reicht dazu nicht aus.»

«Ich bitte Sie, es liegt mir fern, Sie zu beleidigen.»

«Wie war das Verhältnis zwischen den beiden in den letzten Jahren?»

«Ich bin Galerist. Ich bin nicht zuständig für die Familienverhältnisse des Ehepaars Vischer.»

«Hat es oft Streit zwischen den beiden gegeben?»

«Da fragen Sie Frau Vischer am besten selber.»

Der Kommissär kam so nicht weiter. Wohlfahrt wusste mehr, als er sagte. Seine Antworten klangen sehr diplomatisch, eigentlich verständlich in Anbetracht der Tatsache, dass sein wichtigster Künstler ermordet worden und Olivia Vischer eine einflussreiche Frau war.

Wohlfahrt wurde von seiner Mitarbeiterin in den hinteren Teil der Galerie gerufen.

«Entschuldigen Sie, Herr Ferrari, nur einen kleinen Augenblick. Ein wichtiger Kunde. Den wollen wir ja nicht verärgern.»

Und schon war er weg. Wollte er sich nicht von niemandem stören lassen? Eben. Ein eigenartiger Laden. Irgendwie steril, an den Wänden Bilder in Reih und Glied, leblose, abstrakte Materie. Faszinierend gleichwohl. Ferrari konzentrierte sich auf ein grosses quadratisches Gemälde, das einen Kreis zeigte, von einem feinen farbigen Netz überzogen. Ein Lebenskreis, in dessen Netz ein jeder auf seine Art hängen bleibt? Ein Netz der Begierde, der Begehrlichkeit, der Beziehungen? Oder Lebenssequenzen, von der Geburt bis zum Tod? Der Kommissär bückte sich zum Preisschild hinunter. «Ohnmacht», so der Titel, war für eine halbe Million zu haben!

«Oh, Herr Ferrari, Sie sind ein Kunstkenner! Das ist eines der Schlüsselwerke von Frank Brehm.»

«Äh … ja. Ich bin … beeindruckt.»

Ferrari machte noch einen Versuch und kam auf seine eingangs geäusserte Bemerkung zurück.

«Was halten Sie also von den Kritiken, dass Herr Brehm seinen Zenit überschritten hatte?»

«Kritiken und ihre Kritiker! Diese unfähigen Idioten!», schrie er. Und als er sich etwas beruhigt hatte, ergänzte er, «jeder Künstler, ob Picasso, van Gogh, Rembrandt, hat stärkere und schwächere Perioden. Und bei jedem Nachlassen werden die Neider und Missgönner laut.»

«Hatte Herr Brehm in der letzten Zeit eine solch schwächere Periode?»

«Ja, ja! Er hat in den letzten Monaten zu viel gearbeitet. Ein oder zwei Mal zu viel ausgestellt. Wir haben am Sonntag miteinander darüber gesprochen. Seine Werke sind austauschbar geworden.»

«Würden Sie mir dies bitte näher erklären?»

«Ich warf ihm vor, dass er nur noch Massenproduktion, wie vom Fliessband, geschaffen habe. Er wurde daraufhin sehr wütend. Er konnte manchmal geradezu ausrasten, richtig jähzornig werden. Er hat ein Glas Wein nach mir geworfen, mir die Freundschaft aufgekündigt und gar gedroht, dass er bei uns aussteigen würde. Er würde seine Beziehungen spielen lassen, um uns zu ruinieren. Die Zusammenarbeit sei ein für allemal aus. Jeder andere Galerist auf der Welt würde ihm die Füsse küssen.»

«Er wollte aus dem Vertrag aussteigen?»

«Ach was, nicht wirklich. Das war alles Blabla. Ich habe mir den Sermon schon hundert Mal angehört. Immer die gleiche Leier. Wir haben uns nach jeder Auseinandersetzung wieder zusammengerauft. Er brauchte die Diskussion, die extreme Auseinandersetzung. Dadurch wuchsen sein Geist und seine künstlerische Potenz.»

«Aber es ist also richtig, dass Herr Brehm qualitativ schlechtere Werke als vor, sagen wir, einem Jahr schuf?»

« Ja, das stimmt», gab er zerknirscht zu.

«Gingen die Verkäufe zurück?»

«Vorerst noch nicht. Aber vermutlich wären sie mittelfristig zurückgegangen.»

«Noch zwei Fragen, Herr Wohlfahrt, dann sind Sie mich wieder los. Was können Sie mir über seine … seine Liebschaften erzählen?»

«Da muss ich leider passen. Frank hat mit mir nie über sein Privatleben gesprochen. Ob Sie es mir glauben oder nicht, wir haben nächtelang über Kunst diskutiert, aber keine einzige Minute über Frauen. Das soll nicht heissen, dass ich nicht davon gehört habe, dass es Frauen … einige Frauen in seinem Leben gegeben hat. Es kursierten auch immer wieder Gerüchte über wilde sexuelle Exzesse von Frank. Aber mit eigenen Augen gesehen oder mit jemandem gesprochen, der daran teilgenommen hat, habe ich nie. Wenn Sie darüber mehr wissen wollen, kann Ihnen viel eher sein Mitarbeiter Herbert Kuhn Auskunft geben.»

«Herr Brehm hatte einen Assistenten?»

«Aber ja doch. Herbert ist seit Jahren sein Mädchen für alles. Wollen Sie seine Adresse?»

«Das würde mir sicher weiterhelfen.»

Wohlfahrt blätterte seine Agenda durch.

«Ah hier, Grienstrasse, das muss irgendwo im Iselinquartier sein.»

Kommissär Ferrari nickte.

«Noch eine letzte Frage, hatte Frank Brehm Feinde? Feinde, die zu einem Mord fähig wären?»

«Herr Ferrari, ein Mann wie Brehm, ein Mann, der sein Leben bis zum letzten Blutstropfen auslebt, ein Mann, der bei allem, was er macht, zweihundert Prozent gibt … immer am Limit, im roten Bereich, der alles erreichen will, so ein Mann hat eine Menge Feinde. Da wären Künstlerfreunde, die zu Feinden werden, wenn er sie öffentlich der Lächerlichkeit preisgibt, oder gehörnte Ehemänner. Ob dies aber ausreicht, dass ihn jemand umbringt, ich weiss nicht. Ich weiss es wirklich nicht.»

«Hat er eigentlich getrunken?»

«Sie werden es ohnehin erfahren. Ja, er war meistens angeheitert. In den letzten Monaten manchmal auch mehr.»

«Und Drogen?»

«… hat er nicht genommen, soviel ich weiss. Aber bei Frank galt die Devise, dass er alles einmal ausprobieren musste.»

Ferrari erhob sich.

«Ich bedanke mich für das aufschlussreiche und offene Gespräch. Es hat mir in Bezug auf das Bild, das ich mir über Herrn Brehm machen muss, sehr weitergeholfen.»

Wohlfahrt hakte sich freundschaftlich beim Kommissär unter und führte ihn durch die Ausstellung. Ferrari erhielt eine umfassende Einführung in das Werk von Frank Brehm. Die Galeriemitarbeiter waren gerade damit beschäftigt, die alten Preisschilder durch neue zu ersetzen. Wohlfahrt lächelte verschmitzt.

«Es gibt nur noch wenige Brehms. Die haben ihren Preis.»

Der Kommissär musste die Fülle der Informationen, die auf ihn einprasselten, zuerst einmal verarbeiten. Zudem war sein Bedarf an Kunst für heute mehr als gedeckt.

«So, das wars fürs Erste. Vielen Dank, Herr Wohlfahrt.»

«Herr Ferrari, jetzt möchte ich Ihnen noch zwei Fragen stellen.»

«Bitte, wenn ich sie beantworten kann.»

«Aus welcher Gegend in Italien stammen Sie?»

«Ich? Ich komme aus der Toscana …», brummte ein sichtlich genervter Ferrari in reinstem Basler Dialekt.

«Oh, eine wunderschöne Gegend. Und der Wein erst, superb! Dass Sie es überhaupt bei uns aushalten, das kann ich gar nicht begreifen.» Und nach einer Pause fuhr er fort. «Ich habe die ganze Zeit darauf gewartet, dass Sie mich nach meinem Alibi fragen, so wie in Fernsehkrimis. Gehöre ich nicht zu den Verdächtigen?»

Ferrari musste lachen.

«Ich habe nicht im Traum daran gedacht, dass Sie der Mörder sein könnten. Aber, wenn es Sie beruhigt, dann frage ich Sie jetzt nach Ihrem Alibi.»

«Ich habe keines. Ich bin zu Hause gewesen. Meine Frau befindet sich im Moment in den USA. Sie hält an einer medizinischen Fakultät ein Referat. Ist es schlimm, dass ich kein Alibi habe?»

«Das wird sich zeigen, Herr Wohlfahrt. Aber seien

Sie beruhigt, es ist nicht immer derjenige der Mörder, der kein Alibi hat.»

Ferrari liess einen nachdenklichen Galeristen zurück.

# 8. Kapitel

Steinchen um Steinchen setzte Ferrari das Lebensmosaik von Frank Brehm zusammen. Was er bisher gehört hatte, liess auf einen egozentrischen Künstler schliessen, der ausgebrannt war, Alkohol und vermutlich auch Drogen konsumierte, sich immer am Limit bewegte, im roten Bereich, wie es Wohlfahrt so schön formuliert hatte. Eine ausgehöhlte Kreatur, in höchster Torschlusspanik. Mögliche Täter gab es einige. Die Ehefrau, allein gelassen mit ihrer verratenen Liebe, ein betrogener Ehemann, der Brehm in flagranti mit seiner Frau erwischte, oder etwa doch der Galerist, der seine beste Einnahmequelle versiegen sah? Ferrari befürchtete, dass sich die Liste der möglichen Täter laufend erweitern würde, je mehr er in diesem Fall ermittelte.

Auf seinem Schreibtisch lag ein Zettel, unverkennbar die Schrift von Staatsanwalt Borer.

*Melden Sie sich unverzüglich bei mir. Wenn ich nicht zu erreichen bin, dann finden Sie sich um 14.00 Uhr in der Kleinhüningerstrasse, in der Zentrale von Contentis, ein. Verlangen Sie Albert Vischer. Falls Sie einen anderen Termin abgemacht haben, sagen Sie ihn ab. Und seien Sie pünktlich. Borer*
*P.S. Stellen Sie endlich das verdammte Handy auf Empfang!*

Borer war nirgends zu finden. Und so fuhr der Kommissär mit dem Achter ins Kleinbasel. Kleinhüningen, Wiesenschanzweg, Rheinhafen. Sofort waren sie da, die Bilder aus Ferraris Kindheit. Stundenlang hatte er im Hafen dem Entladen und Bepacken der Frachtkräne zugeschaut. Am Ufer stapelten sich Hunderte von farbigen Containern, heute wie damals. Stumme Zeugen einer grossen weiten Welt. Ferrari stieg aus und erreichte in wenigen Minuten die prachtvolle, ehrwürdige Villa, einst ein Herrschaftssitz, heute der Hauptsitz von Contentis. Von hier aus wurden also die Geschicke eines riesigen erfolgreichen Pharmakonzerns geleitet.

Ferrari trat durch die Schwingtür und steuerte auf den Empfang zu. Zwei Portiers hingen gelangweilt hinter einer ovalen Theke herum. Sie musterten ihn abschätzend und kamen anscheinend zum Schluss, dass er hier fehl am Platz sei.

«Guten Tag.»

«Tag», kam das Echo geradezu beleidigend zurück.

«Ich habe um 14 Uhr einen Termin.»

«Ach ja, mit wem, bitte?»

«Mit Herrn Vischer, mit Herrn Albert Vischer.»

Erstaunlich, was der Name auslöste. Die zwei standen innert Sekunden stramm. Der eine fingerte nervös an seiner Krawatte herum. Sie hing schief. Ferrari warf ihm einen tadelnden Blick zu.

«Wen darf ich anmelden?»

«Mein Name ist Francesco Ferrari.» Einen Augenblick lang überlegte er, ob er seinen Beruf hinzufügen sollte, unterliess es dann aber.

«Bitte, Herr Ferrari, nehmen Sie einen Augenblick Platz. Ich werde Sie sofort anmelden.»

Ferrari schmunzelte. Das Zauberwort Vischer musste er sich merken. Unvorstellbar, welche Türen mit diesem Passwort aufgehen würden.

«Der Herr Präsident erwartet Sie.»

Der lange Lulatsch, der inzwischen seine Krawatte vorschriftsgemäss gebunden hatte, ging zum Fahrstuhl, den er mit einem Spezialschlüssel öffnete.

«Bitte nach Ihnen, Herr Kommissär.»

Vischer hatte die beiden anscheinend über seinen Beruf informiert. Als er den Fahrstuhl betrat, ging ein Alarm los.

«Entschuldigen Sie, das ist eine reine Vorsichtsmassnahme. Darf ich Sie um Ihre Pistole bitten?»

«Meine Pistole? Ich habe keine.»

«Keine Pistole?», murmelte der Portier ungläubig.

Der Kommissär trat einen Schritt zurück, tastete sich selbst ab und händigte dem Portier seinen Schlüsselbund aus. Der Alarm erklang erneut, schrill und laut. Langsam wurde ihm die Sache zu dumm. Wenn das so weiter geht, stehe ich am Ende in den Unterhosen da, dachte Ferrari. Es wird doch nicht etwa …? Er reichte dem Portier sein Handy, nahm einen letzten verzweifelten Anlauf und siehe da, kein Ton war zu hören.

«Entschuldigen Sie, aber ich dachte, Ihre Waffe würde den Warnton auslösen.»

«Ich habe noch nie eine Waffe getragen», brummte Ferrari.

Albert Vischer war eine stattliche Erscheinung. Ungefähr siebzig Jahre alt, mit grauem, an manchen Stellen lichtem Haar. Seine Tochter war ihm wie aus dem Gesicht geschnitten. Vischer würde auch ohne sein gigantisches Vermögen bei den Damen der Gesellschaft einen bleibenden, positiven Eindruck hinterlassen. Er könnte sich sogar vorstellen, dass Monika bei Vischers Anblick ins Schwärmen geraten würde.

«Setzen Sie sich, Herr Ferrari, besten Dank, dass Sie Zeit für mich erübrigen konnten.»

Da war er wieder, dieser besonders starke Basler Dialekt, den nur noch die alteingesessenen Familien sprachen. Die Worte wurden langsam ausgesprochen, jede einzelne Silbe stark betont und zum Teil übermässig in die Länge gezogen. Ferrari konnte sich für diesen alten Dialekt nicht erwärmen. Im Gegensatz zu den meisten Personen, die der Kommissär kannte, wirkte er bei Vischer natürlich.

«Ich will Sie nicht lange aufhalten.»

Was etwa so klang wie «Sie werden bald rausgeworfen».

«Eine sehr unangenehme Sache mit Frank Brehm.»

«Das kann man wohl sagen.»

«Haben Sie schon etwas in Erfahrung gebracht?»

«Noch nicht viel. Wir stehen erst am Anfang unserer Ermittlungen.»

«Haben Sie bereits einen Verdacht, wer ihn umgebracht haben könnte?»

«Eigentlich noch nicht. Es kommen mehrere Personen in Frage. Herr Brehm führte ein … na ja, ein unkonventionelles Leben. Es könnte ein anderer Künstler gewesen sein oder …»

Ferrari bis sich auf die Unterlippe.

«… oder meine Tochter, wollten Sie sagen!»

«Das … das habe ich nicht gesagt. Aber selbstverständlich gehört sie, ich hoffe Sie verstehen das, auch zu den Tatverdächtigen.»

«Sie hätte auch ein Motiv gehabt, Frank umzubringen. Aber sie hat ihn nicht ermordet», stellte er bestimmt fest.

«Was für ein Motiv?»

«Kommen Sie, Herr Ferrari, spielen Sie keine Spielchen mit mir. Sie geben sich ziemlich naiv. Aber das sind Sie nicht. Meine Tochter war in Frank Brehm verliebt. Nein, das ist falsch, sie war ihm hörig. Er hätte alles mit ihr machen können. Schauen Sie nicht so betupft. Wenn ich sage alles, dann meine ich dies wörtlich. Frank Brehm hat sie nicht verdient. Olivia hat nie gemerkt, auf was er wirklich aus war.»

«Auf ihr Geld?»

«Nein, nicht auf ihr Geld, auf ihre oder besser meine Beziehungen. Der Mann war krankhaft ehrgeizig. Für den Erfolg, für seinen Platz im Olymp war ihm jedes Mittel recht. Wissen Sie, was mich an Frank immer wieder fasziniert hat? Geld bedeutete ihm nichts. Geld war für ihn nur Mittel zum Zweck. Er strebte nach Ruhm. Das war ihm wichtiger als alles andere. Der Mann war verrückt … ein Besessener, der für seine Kunst lebte. Und meine Tochter hat ihm den Aufstieg ermöglicht.»

«Wie standen Sie zu Frank Brehm?»

«Ich?», er überlegte einen Augenblick, «eine gute Frage. Wenn er nicht mit meiner Tochter verheiratet gewesen wäre und wenn ich nicht befürchtet hätte, dass Olivia in der Irrenanstalt landet, dann hätte ich den Kerl vernichtet!»

«Sie hätten ihn umgebracht?»

Er lachte.

«Es gibt weit bessere Methoden, einen Menschen zu zerstören, als ihn umzubringen. Ich hätte seine Karriere zerstört. Und glauben Sie mir, das sind keine leeren Drohungen. Möglichkeiten boten sich zur Genüge.»

Was Ferrari gar nicht erst zu bestreiten wagte.

«Ich war gestern bei Ihrer Tochter. Ich musste ihr die Todesnachricht überbringen.»

«Auch das weiss ich. Und sie benahm sich Ihnen gegenüber sehr taktlos.»

«Das habe ich dem Schock zugeschrieben.»

«Vielen Dank für Ihr Verständnis. Frank Brehm hat Olivia auf dem Gewissen. Sie ist nicht mehr die Frau, die sie einmal gewesen ist. Er spielte mit ihr. Wenn er sie brauchte, wenn er wieder einmal seinen Kopf nicht durchsetzen konnte, dann lag er ihr zu Füssen. Hatte er sein Ziel erreicht, liess er sie einfach fallen. Und sie hat alles, ohne zu klagen, mit sich geschehen lassen.»

«Haben Sie nie mit ihr darüber gesprochen?»

«Aber sicher … hundert Mal … tausend Mal. Doch je mehr ich gegen Frank intervenierte, intrigierte nannte sie es, je mehr ich versuchte, ihr die Augen zu öffnen, desto weiter habe ich sie ihm in die Arme getrieben. Das Sprichwort ‹Liebe macht blind› hat schon seine Berechtigung.»

«Haben Sie mit ihr gestern gesprochen?»

«Nein. Ach, Sie wollen wissen, woher ich über Ihren Besuch orientiert bin? Hans, Dr. Hauswirth, rief mich an.»

«Ist er für Sie tätig?»

«Ja, er ist einer unserer Anwälte und gehört praktisch zur Familie.»

«Wie steht er zu Frau Vischer?»

«Zu Olivia? Sie sind Freunde.»

«Mehr nicht?»

«Vorsicht, Herr Ferrari!», mahnte er den Kommissär, ergänzte dann aber, «Hans … Hans liebt Olivia seit dem gemeinsamen Studium. Aber sie erwiderte seine Liebe nicht. Obwohl es mir viel lieber gewesen wäre, wenn Olivia Hans geheiratet hätte.»

«Sie haben gemeinsam studiert?»

«Ja, was ist daran so sonderbar?»

«Nichts», sagte der Kommissär tonlos. Olivia Vischer war also auch eine Kommilitonin von Staatsanwalt Borer.

«Ist Dr. Hauswirth verheiratet?»

«Er ist Junggeselle.»

«Weiss Ihre Tochter, dass er sie liebt?»

«Keine Ahnung. Olivia hatte nur Augen für den einen, den Auserwählten», fügte er bissig hinzu.

«… der jetzt tot ist.»

«… und damit ist der Weg frei für einen anderen. Eine sehr einfache Sicht der Dinge, Herr Ferrari. Geradezu enttäuschend einfach.»

«Aber immerhin ein Motiv.»

«Wenn Sie meinen. Das zu beurteilen, muss ich Ihnen überlassen.»

Die Liste der Verdächtigen nahm mit jedem Besuch zu.

«Aus welchem Grund haben Sie mich hierher bestellt, Herr Vischer?»

«Können Sie sich das nicht vorstellen?»

«Um ehrlich zu sein, es gibt sicher mehrere Gründe dafür.»

«Ich wollte Ihnen in erster Linie reinen Wein über den ehrenwerten Künstler einschenken. Sie haben bestimmt und Sie werden bestimmt noch mit einigen Personen über Frank Brehm sprechen. Die meisten von denen haben etwas, einige sogar viel zu verlieren. Die meisten fürchten sich auch vor den Konsequenzen. Keiner kann genau abschätzen, was eine negative Bemerkung über Frank Brehm für Auswirkungen hat. Ich muss nichts befürchten. Ich wollte ehrlich meine Meinung über Frank Brehm äussern. Damit Sie in den weiteren Gesprächen den Charakter dieses Mannes besser analysieren können. Frank war egoistisch, ein ehrgeiziger Emporkömmling, ein Trittbrettfahrer, der alle Leute um sich herum nur ausnutzte. Zugegeben, er war genial, als Künstler einzigartig, aber gibt ihm dies das Recht, andere Menschen nur für seine Zwecke zu missbrauchen?»

«Hat er Ihre Tochter betrogen?»

«Mit Sicherheit! Beweisen konnte ich es ihm nie. Es wäre auch sinnlos gewesen. Hätte ich Olivia mit Tatsachen konfrontiert, mit knallharten Fakten, hätte ich damit genau das Gegenteil bewirkt.»

«Haben Sie eine Vermutung, wer ihn umgebracht haben könnte?»

«Nein! Nein, das habe ich nicht.»

Herr Vischer schien seinen Ausführungen nichts mehr hinzufügen zu wollen. Ferrari erhob sich. An der Wand hing ein grosses Gemälde von Frank Brehm. Vischer folgte den Blicken des Kommissärs.

«Olivia wollte es so. Ich kann ihr einfach nichts abschlagen. Herr Ferrari, lassen Sie meine Tochter in Ruhe, sie hat genug gelitten. Ich will nicht, dass man sie noch weiter verletzt. Haben wir uns verstanden?»

«Ich habe Sie verstanden, Herr Vischer, es war unmissverständlich.»

Ferrari bewegte sich langsam zum Ausgang. Er drehte sich nochmals um.

«Herr Vischer, haben Sie Frank Brehm ermordet oder ermorden lassen?»

«Ich habe mit dem Mord an Frank Brehm nichts zu tun. Es ist mir jemand zuvorgekommen!»

Ferrari wischte sich den Schweiss von der Stirn, als er mit dem Fahrstuhl nach unten fuhr. Er zweifelte keine Sekunde daran, dass Vischer die Wahrheit gesagt hatte. Der Portier wartete bereits auf ihn, führte ihn zur Drehtüre, bedankte sich für seinen Besuch und wünschte ihm einen schönen Tag.

Schön? Na ja, vielleicht wird er es ja noch. Ferrari war in Gedanken versunken. Albert Vischer machte aus seiner Ablehnung seinem Schwiegersohn gegenüber keinen Hehl. Er gehörte somit ebenso zu den Tatverdächtigen wie Dr. Hans Hauswirth. Väterliche Liebe und blinde Eifersucht, beides könnte ein Tatmotiv sein.

Das Geschrei spielender Kinder riss Ferrari aus seinem Grübeln. Er stand vor dem Horburgpark. Er zögerte. Sollte er oder sollte er nicht? Doch, wenn er schon einmal hier war, dann wollte er seiner alten Heimat einen Besuch abstatten. Er trat durch das Gartentor in den Park. Mein Gott, wie sich das alles verändert hatte. Ferrari setzte sich auf eine Bank am Rande des Kinderplanschbeckens. Heute war das runde Becken leer, also Zeit, um darin zwei gegen zwei Fussball zu spielen. Wie früher, als die Schweizer Jungs gegen die damals fremden Italiener im Quartier spielten. Im Laufe der Zeit hatten sich die Menschen, die Häuser und die Umgebung gewandelt. Nach und nach verliessen die Schweizer das Quartier, zogen in bessere Wohnviertel. Und so rückten andere Nationen nach. Ferrari beobachtete die vielen fremdländischen Kinder.

Sie würden es schwer haben, sich hier zu assimilieren. Irgendwie komisch, dachte er. Erst diese Menschen, die aus einem anderen Kulturkreis zu uns kamen, haben es ermöglicht, dass aus den Italienern echte Schweizer wurden. Ferrari fühlte sich hier nicht mehr zu Hause. Er schloss die knarrende Eisentüre am Nordende des Parks und ging durch den Wiesenschanzweg zur Tramhaltestelle. Sogar sein altes Wohnhaus hatten sie abgerissen. Er hätte die Vergangenheit ruhen lassen sollen. Ferrari seufzte und stieg in den Achter.

# 9. Kapitel

Zu Hause hing der Haussegen schief. Er hörte Monika und Nikki heftig streiten. Monika war kurz vor der Explosion.

«Sie macht mich fertig, dieses kleine Biest. Ich kann sagen, was ich will, sie hat immer eine Ausrede und das letzte Wort.»

«Nun aber mal halblang, Schatz.»

«Das ist doch die Höhe! Du kommst rein, fragst überhaupt nicht, worum es geht, aber ergreifst ihre Partei.»

«Ich habe doch gar nichts gesagt.»

Nicole nutzte die Gelegenheit, um sich zu verdrücken.

«Wer ist hier den ganzen Tag mit der trotzigen Kleinen alleine zu Hause, wer?», schrie Monika Ferrari an.

«Ich arbeite …»

«Wunderbar, du gehst deiner Lieblingsbeschäftigung nach. Du suchst nach deinen Mördern. Und dann kommst du am Abend nach Hause und fragst: Liebe Nikki, was hat dir denn deine böse Mami wieder getan? Du machst es dir verdammt einfach, Francesco! Aber ich habe die kleine Hexe von morgens bis abends am Hals.»

«Aber am Wochenende …», protestierte Ferrari und löste damit einen weiteren Wutanfall aus.

«Dass ich nicht lache! Wenn der Herr zur Abwechslung mal ein ganzes Wochenende zu Hause ist, was passiert dann? Dann herrscht eitel Sonnenschein. Mein Fräulein Tochter benimmt sich, wie sich ein gut erzogenes Töchterchen zu benehmen hat. Ha! Genauso, wie sie sich bei den lieben Grossmüttern benimmt.»

Oje, dachte Ferrari, hatte Monika womöglich heute die beiden Grossmütter aushalten müssen?

«Du hättest heute Nachmittag hören sollen, was hier drinnen abging. Meine liebe Mutter konnte sich gar nicht vorstellen, dass Nikki ausrasten kann. Es ist doch alles übertrieben. Ich kam mir vor wie eine hysterische Kuh. Sie sollte einmal miterleben, wie das ist, wenn Nicole ausflippt. Aber da kann ich lange warten. Meine Tochter ist viel zu raffiniert!»

Monika kochte vor Wut.

«Laufend muss ich mir anhören, dass ich Nikki falsch erziehe. ‹Monika, ich will dir ja nicht in deine Erziehung dreinreden, aber du solltest dies … du solltest das!› Und als krönenden Abschluss des Tages kommst du nach Hause und bläst ins gleiche Horn.»

«Ich habe doch gar nichts gesagt, Liebling …»

Ferrari nahm Monika in den Arm und spürte, wie ihre Wut langsam verebbte.

«Entschuldige, Francesco, es tut mir Leid. Aber manchmal schafft mich das Kind. Und meine Mutter.»

«Das verstehe ich wirklich. Wenn ich an meine Mutter denke. Immer liebenswürdig, aber stur wie ein Maulesel.»

«Du glaubst es nicht, kaum waren sie weg, begann der Zoff.»

«Ach, meine Mutter war auch mit von der Partie? Weshalb habt ihr euch eigentlich gestritten?»

«Immer das gleiche Lied. Ich frage sie am Mittag, ob sie noch Hausaufgaben habe. Sie sagt Nein. Sie zieht auf den Schulhofplatz ab. Dann kommt sie müde nach Hause, setzt sich ins Zimmer und erledigt die Hausaufgaben.»

Den Rest der Geschichte konnte sich Ferrari zusammenreimen. Nikki war dann übermüdet und wenn die Hausaufgaben nicht locker von der Hand gingen, begann sie auszurasten.

«Francesco, würdest du bitte …»

«Ich gebe mein Bestes.»

Er klopfte vorsichtig an Nicoles Zimmertüre.

«Hallo, mein Schatz, wie geht es dir?»

«Mami ist total blöd.»

«Das darfst du nicht sagen. Du weisst, dass es nicht stimmt.»

«Immer schimpft sie mit mir.»

«Aber doch nicht ohne Grund, oder?»

«Jetzt hilfst du ihr auch noch.»

«Mami sagt, dass du sie heute Mittag beschwindelt hast.»

«Sie hat nicht richtig zugehört.»

«Ach ja, würdest du mir das bitte genauer erklären?»

«Ich sagte, dass ich fast keine Aufgaben habe. Und sie hat verstanden, dass ich keine Aufgaben habe.»

«Na ja, das kann schon mal passieren. Zeigst du mir, was du für Aufgaben hast?»

Zögernd nahm sie das Mathematikheft zur Hand.

«Von hier bis hier», erklärte sie, was immerhin drei Seiten bedeutete.

«Und das sind für dich wenig Aufgaben?»

«Hm, es waren schon mehr.»

«Hör zu, Liebes, wir beide wissen, dass Mathe nicht gerade dein stärkstes Fach ist. Und ich bin auch der Meinung, dass drei Seiten Aufgaben nicht nur ein bisschen sind. Ich glaube, dass du jetzt ohne zu murren deine Hausaufgaben erledigen solltest, bevor ich böse werde. Und noch etwas, junge Dame, ich erwarte von dir, dass du dich für dein Benehmen bei Mami entschuldigst. So geht das nicht. Hast du mich verstanden?»

Nikki hörte aus dem verschärften Ton heraus, dass es langsam ernst wurde. Sie schob ihn aus dem Zimmer.

«Ich muss jetzt meine Aufgaben machen. So werde ich niemals fertig.»

«Vergiss bitte nicht, was ich gesagt habe, Nikki.»

Nikki drückte ihre Türe zu. Auf dem Weg ins Wohnzimmer hörte Ferrari, dass Nikki etwas gegen die Wand warf. Er blieb stehen, entschloss sich dann aber, die Sache auf sich beruhen zu lassen. Monika sass am Wohnzimmertisch und blätterte eine Illustrierte durch. Das war genau das Richtige, um ein wenig abzuschalten, dachte Ferrari und zog sich in die Küche zurück. Nach einer Weile öffnete er eine Flasche Rotwein, füllte zwei Gläser bis zur Hälfte und reichte Monika eines.

«Auf uns, Liebes.»

Monika lächelte.

«Auf uns! Manchmal fällt mir einfach die Decke auf den Kopf. Und du bist dann mein Sündenbock.»

«Ich bin halt derjenige, der gerade zur Stelle ist.»

«Wenn wir uns streiten, dann immer nur wegen Nicole. Und wegen unserer Verwandtschaft.»

«Wenigstens streiten wir uns noch. Stell dir vor, wie langweilig es wäre, wenn wir nur noch friedlich vor dem Ofen sitzen würden und uns nichts mehr zu sagen hätten. Wenn wir uns nicht streiten, können wir uns danach auch nicht versöhnen.»

Sie seufzte.

«Ach, Francesco, manchmal hast du es nicht einfach mit mir. Ich aber auch nicht mit dir.»

«Also bitte!», protestierte Ferrari.

«Meine Freundinnen beneiden mich immer um dich. Aber sie kennen nur die eine Seite von dir. Du kannst dich sehr gut verstellen, genau wie Nicole. Du kannst sehr charmant sein, aber manchmal, mein lieber Schatz, bist du unausstehlich. Da sollten dich meine Freundinnen einmal sehen! Francesco Ferrari, der italienische Macho und Patriarch.»

Nikki trat ins Wohnzimmer und erlöste Ferrari aus diesem unangenehm werdenden Gespräch.

«Würdest du bitte die Resultate kontrollieren, Francesco?»

«Das kann Mami genauso gut wie ich.»

«Ich möchte, dass du das machst», sagte sie bestimmt.

Ferrari nahm einen Schluck Rotwein und sah die Rechnungen durch.

«Hier, das Resultat der vierten und der achten sind falsch.»

«Mach mit dem Bleistift einen Punkt neben das Ergebnis, dann rechne ich es nochmals durch.»

Nicole nahm das Aufgabenheft unter den Arm.

«Ich gehe jetzt schlafen, gute Nacht, Francesco … gute Nacht, Mami.»

«Moment mal, kleine Lady, du hast etwas vergessen.»

«Gute Nacht, Mami. Es tut mir Leid …», murmelte sie mit zusammengebissenen Zähnen und huschte davon. Monika kuschelte sich auf der Polstergruppe an Francesco.

«Eigentlich ist sie ja süss, unsere Kleine, nicht wahr, Francesco?»

«Sehr süss, Liebes. Ich habe gar nicht gewusst, dass die Grossmütter angesagt waren.»

«Ein Überraschungsbesuch. Sie sind zusammen einkaufen gegangen und haben mich dann besucht. Es ist ja eigentlich nett von den beiden. Ich bin froh, dass sie in ihrem Alter noch so voller Tatendrang sind. Aber sie gehen mir manchmal ganz schön auf den Wecker. Lass uns bitte das Thema wechseln, Francesco. Es ist vorbei. Es geht mir wieder besser. Wie kommst du mit deinem Fall voran?»

«Nicht besonders gut. Es gibt verhältnismässig viele Personen, die als Täter in Frage kommen. Frank Brehm war ein ziemliches Ekelpaket, sehr exaltiert und egozentrisch.»

«Ein Künstlerleben ist meist nicht einfach. Stell dir vor, du müsstest jeden Tag kreativ sein, und zwar auf hohem Niveau. Es muss dir immer etwas Neues einfallen. Wenn dir nichts mehr einfällt, schwupp, dann bist du erledigt. Die Konkurrenz ist gross.»

«Das mag schon sein. Aber gibt dies einem Menschen das Recht, auf anderen herumzutrampeln?»

«Natürlich nicht. Aber als Künstler gehst du oft jahrelang unten durch und verzichtest auf vieles. Du klopfst bei vielen Galeristen an, wenn du Glück hast, mit einigem Erfolg, wenn du Pech hast, tingelst du dein ganzes Leben lang als verkanntes Genie mit deinen Werken in Sammel- und Weihnachtsausstellungen herum. Hast du grosses Glück wie Frank Brehm …»

«Alle bescheinigen ihm ein aussergewöhnliches Talent. Das hat mit Glück nichts zu tun.»

«Ha, was glaubst du, wie viele Frank Brehms auf dieser Welt herumlaufen, die keine Mäzenin wie Olivia Vischer gefunden haben? Glaubst du wirklich, dass

Frank Brehm ohne die Familie Vischer zu dem geworden wäre, was er ist … war?», korrigierte sie sich.

«Vielleicht nicht. Aber nach deiner Aussage wird jeder Künstler nur durch Glück und Beziehungen berühmt.»

«Nicht jeder, aber viele. Nimm Frank Brehm als Beispiel. Auf der Suche nach einer Galerie wird er von überheblichen Kunstexperten und solchen, die glauben, es zu sein, abgewiesen. Endlich bekommt er von Wohlfahrt eine Chance. Aber zu welchem Preis?»

«Zu welchem Preis? Das weiss ich nicht. Du wirst es mir sicher gleich sagen. Und komm mir nicht damit, dass er mit Wohlfahrt ins Bett gestiegen sei. Wohlfahrt ist verheiratet.»

«Wohlfahrt interessiert sich nur für eines, Geld und nochmals Geld. Wohlfahrts Verträge sind knallhart. Und bevor ein Künstler bei Schneider & Wohlfahrt ausstellt, unterschreibt er einen Knebelvertrag. Damit ist er von den Galeristen abhängig. Frank Brehm erkannte nur seine einmalige Chance, bei einer erstklassigen Galerie auszustellen. Er nutzte sie und war damit angekettet.»

«Wohlfahrt hat mir gesagt, dass er vierzig Prozent bekommt.»

«Die nimmt er bestimmt und noch zwanzig dazu. Vielleicht nicht cash. Aber er lässt sich bestimmt einen Teil der Ausstellungskosten bezahlen, die Einladungskarte etwa oder den Katalog, wenn er einen herausgibt.

Oft gehen bei einer Ausstellung die Einnahmen des ersten verkauften Bildes ganz in die Kasse der Galerie. Und meistens ist es ein grosses Bild.»

Ferrari pfiff durch die Zähne.

«Und irgendwann», fuhr Monika fort, «irgendwann bist du ganz oben. Du hast dir deinen Platz an der Sonne erkämpft. Und dann beginnst du nach unten zu treten. Du trittst all diejenigen, die dich getreten haben. Und du trittst all diejenigen, die dir deinen Platz streitig machen könnten. Und vor lauter Treten kommst du gar nicht mehr dazu, kreativ zu sein. Du siehst überall Gespenster, Feinde, die nur ein Ziel verfolgen, dich zu vernichten.»

Ferrari schenkte Wein nach und griff nach einem Käsebrot, das Monika aus der Küche geholt hatte. Einen Moment lang war nichts zu hören. Nicole schien zu schlafen und auch die Stimme aus der Stereoanlage war verstummt. Die Stille tat gut.

«Wenn das stimmt, dann bin ich froh, nur ein einfacher Polizist geworden zu sein. Deine Erzählung erinnert mich ein wenig an Sodom und Gomorrha», nahm Ferrari das Gespräch wieder auf.

«Ich würde es eher Genie und Wahnsinn nennen. Eine schwierige Mischung.»

«Man hat es als Polizist auch nicht immer leicht. Vor allem bei so einem brisanten Fall.»

«Borer?»

«Nein. Aber heute war ich bei seiner Exzellenz persönlich, bei Albert Vischer.»

«Komm, mach es nicht so spannend. Was ist das für ein Mensch?»

«Er würde dir gefallen. Du stehst ja auf grauhaarige Männer.»

«Ich meine doch, wie er ist. Überheblich, kaltschnäuzig, charmant?»

«Er war sehr liebenswürdig. Bis auf einen Punkt. Er hat mir unmissverständlich zu verstehen gegeben, dass er mich wie eine Fliege zerquetscht, wenn ich nicht die Finger von seiner Tochter lasse.»

«Was hast du ihm daraufhin gesagt?»

«Dass ich ihn verstanden hätte.»

Was auch immer das bedeuten mag, dachte Monika. Ferrari gähnte und sein Blick verlor sich in der Weite der Nacht. Sein Schädel brummte. Er brauchte dringend mal Urlaub und morgen, ja morgen brauchte er einen klaren Kopf. Ferrari griff zur Weinflasche und schenkte sich nach.

# 10. Kapitel

Der Mord war nicht mehr das Gesprächsthema Nummer eins in der «Basler Zeitung». Der regnerische Sommer und das bevorstehende musikalische Grossereignis, das Rolling-Stones-Konzert im St. Jakob-Park, hatten Frank Brehm von der Titelseite verdrängt. Auch im Präsidium liefen die Vorbereitungen für das Konzert an. Ein kleines erlesenes Gremium ackerte die Fahrtroute vom Hotel ins Stadion durch. Nicht auszudenken, wenn einem Verrückten ein Attentat auf die Superstars gelänge. Der Polizeikommandant hatte das Sicherheitsdispositiv zur Chefsache erklärt und seine besten Leute rund um die Uhr zur Bewachung der Stones abkommandiert. Was dies den Steuerzahler kostet, darf man gar nicht nachrechnen, dachte der Kommissär. Andererseits war die Publizität, die das Konzert der Stadt einbrachte, auch nicht zu verachten.

Beim Stichwort Konzert fiel Ferrari ein, dass er gestern Abend vergessen hatte, Nikki die Anastacia-Tickets feierlich zu überreichen. Wahrscheinlich wäre es auch nicht der richtige Zeitpunkt gewesen.

Baer liess im Büro wieder einmal auf sich warten. Und was war eigentlich mit Borer los? Der Staatsanwalt hatte sich seit Beginn der Untersuchungen nur einmal gemeldet. Ferrari vermutete, dass er sich die Informationen direkt bei seinen beiden Studienkollegen Hans Hauswirth und Olivia Vischer besorgte. Beim kleinsten Fehltritt würden sie sich aufs Schärfste über ihn beschweren. Eine heikle Angelegenheit.

Eine Mitarbeiterin des Sekretariats übergab Ferrari eine Mappe.

«Baer lässt sich entschuldigen. Er liegt mit einer Grippe im Bett. Ich soll Ihnen dies geben.»

Ferrari bedankte sich und begann die Akten zu studieren. Es war der Bericht der Spurensicherung, die Brehms Atelier akribisch untersucht hatte. Den Ergebnissen zur Folge war Frank Brehm im Atelier ermordet und danach von seinem Mörder oder seinen Mördern auf die Fähre geschleppt worden. In einem Schrank hatte man Aufputsch- und Beruhigungsmittel gefunden, die mit Brehms Blutergebnissen übereinstimmten. Ferrari entschloss sich, selbst einen Augenschein vom Atelier zu nehmen.

Die Kaserne lag direkt am Rhein, unweit der Klingentalfähre. Die ehemaligen Truppenunterkünfte im ersten und zweiten Stock des Haupttraktes waren zu Ateliers umfunktioniert worden. Es gab im Erziehungsdepartement lange Wartelisten für diese Werkräume. Man munkelte gar, dass man nur mit Beziehungen ein solches Atelier bekam. Letzteres hatte Baer in seinem Bericht natürlich nicht erwähnt … Im Parterre befand sich ein Ausstellungsraum, der immer mehr an Bedeutung gewann, seit sich die Kunsthalle der internationalen Kunst verschrieben hatte. Eine sinnvolle Art, ein militärisches Bollwerk heutzutage zu nutzen, dachte Ferrari. Zuerst kriegerische Generäle und nun mehr oder weniger friedfertige Künstler. Ferrari klingelte wahllos bei einem Künstler und, da niemand öffnete, beim nächsten. Beim vierten Anlauf hatte er Erfolg. Er ging die Treppe hoch zu Brehms Atelier in der ersten Etage.

«He du! Hast du bei mir geläutet?», schrie ein bärtiger Mitfünfziger, der im Türrahmen des Nachbarateliers von Frank Brehm stand. Ferrari winkte ihm freundlich zu.

«Entschuldigen Sie, ich wollte zu Frank Brehm.»

Misstrauisch näherte sich der untersetzte Mann.

«Weisst du es denn nicht? Brehm ist tot.»

«Doch, ich weiss.»

«Und trotzdem willst du in sein Atelier?»

Das Misstrauen des Mannes verstärkte sich und steigerte sich ins Unermessliche, als Ferrari die Versiegelung aufbrach und einen Schlüssel zückte, um das Atelier zu öffnen.

«Wie kommst du an den Schlüssel?»

«Den habe ich von Herrn Brehm», sagte Ferrari, wenn auch vom toten Brehm, fügte er in Gedanken hinzu.

«Von Frank? Das glaube ich nicht. Nicht mal der Teufel hatte einen Schlüssel zu seinem Atelier. Ich habe selber gesehen, wie er kürzlich das Schloss auswechseln liess. Da stimmt doch etwas nicht. Wenn du mir nicht auf der Stelle sagst, wer du bist, rufe ich die Polizei.»

«Das wird nicht notwendig sein», brummte Ferrari und hielt dem Mann seinen Ausweis unter die Nase.

«Ah, von der Schmier bist du.» War er bisher misstrauisch, wurde seine Haltung jetzt ablehnend.

«Kannten Sie Frank Brehm, Herr …?»

«Hertz. Wie der Autovermieter, nur hab ich nichts mit ihm gemein.»

«Kannten Sie ihn gut?»

«Wie man sich so kennt, hier drinnen. Wir kennen uns alle. Wir arbeiten Tür an Tür. Manchmal geht man auf einen Schwatz zu einem Kollegen. Man wird manchmal inspiriert.»

«Waren Sie oft bei Herrn Brehm?»

«Nein, nur zwei … drei Mal. Frank war ein Einzelgänger, hat keinen Kontakt gesucht. Er war auch nicht mehr viel hier.»

«Ach ja? Das wusste ich nicht.»

«Er war mehr in Paris. Grosse Künstler oder solche, die sich wichtig nehmen, haben ein Atelier in Paris», zischte er neidisch. «Aber das nutzt ihm jetzt auch nichts mehr. Ein Schlag und vom grossen Brehm ist nichts mehr übrig geblieben. Bald wird er kremiert und, husch, seine Asche vom Wind weggeblasen.»

Ferrari erschauderte ob den makabren Gedanken.

«Kennen Sie seinen Assistenten? Wie heisst er noch?»

«Herbie? Na, Assistent ist dafür ein grosses Wort. Er war sein Mädchen für alles. Ich habe ihm immer gesagt, wenn du dem Meister den Arsch putzen musst, dann bedankst du dich auch noch bei ihm.»

«So unterwürfig?»

«Das ist das Vorwort. Herbie gehorchte nur einem Gott, nämlich Frank Brehm. Wenn Sie die beiden gesehen hätten, wie der Herr mit seinem Hund. Und so wurde Herbie auch behandelt.»

«Und Herr … äh … Kuhn, Herbert Kuhn», Ferrari war der Name, den ihm Wohlfahrt genannt hatte, wieder eingefallen, «dieser Kuhn hat sich das gefallen lassen?»

«Alles, wirklich alles. Wenn ich mir vorstelle, was Herbie für Frank alles getan hat. Wir haben ihn immer deswegen hochgenommen. Wir haben ihn gehänselt, gefragt, ob er schwul sei. Aber damit wäre er bei Frank nicht angekommen.»

«Ist Herr Kuhn homosexuell?»

«Nein, er ist nur ein dummes Arschloch!»

«Weshalb sind Sie sicher, dass Herr Kuhn nicht schwul ist?»

«Er stellte uns vor einigen Monaten seine Freundin vor. Bildhübsch und intelligent dazu, das hätten wir dem Kriecher gar nicht zugetraut. Und wie er sie anhimmelte. Wir haben bereits gescherzt, dass Brehm es in Zukunft verdammt schwer haben würde, weil Kuhn nun eine neue Herrin hatte.»

«Wo finde ich Herrn Kuhn?»

«Ich glaube, er hat eine Zweizimmerwohnung in der Grienstrasse. Lass das arme Schwein in Ruhe. Er ist in zweifacher Hinsicht durch den Wind.»

«Durch den Tod von Brehm?»

«Ja und durch den Umstand, dass seine Freundin seit einigen Tagen in der Klapsmühle sitzt.»

«Sie meinen bestimmt die Psychiatrische Universitätsklinik. Wissen Sie, weshalb sie sich dort befindet?»

«Weshalb befindet man sich wohl in der Psychiatrischen?», äffte Hertz den Kommissär nach. «Weil sie gaga ist … wird mit dem Leben nicht mehr fertig, das Mädchen. Und Kuhn hat sie mit seinen Problemen auch noch vollgequatscht. Irgendwann läuft das Fass bei jedem über und, peng, du schluckst eine Menge Tabletten, landest in der Klapsmühle oder du setzt dir den goldenen Schuss und findest dich auf dem Friedhof Hörnli wieder.»

«Wenn Sie Frank Brehm charakterisieren müssten, wie würden Sie ihn beschreiben?»

«Ein geniales Arschloch!»

«Ist das alles?»

«Reicht das nicht? Er war kein Picasso, kein Matisse und kein Braque. Aber er war Frank Brehm, der geniale Künstler und die grösste Sau, die ich je kennen gelernt habe.»

Ohne sich zu verabschieden, watschelte Hertz davon.

«He, Herr Hertz, ich habe noch eine letzte Frage.»

Er drehte sich nicht einmal um, winkte nur ab, zum Zeichen, dass bei ihm nichts mehr zu holen war.

«Herr Hertz! Hat Herbert Kuhn auch gemalt?»

Hertz hielt inne, drehte sich abrupt um und stiefelte zum Kommissär zurück.

«Herbie? Herbie ist ein begnadeter Künstler. Und die Sau hat ihn nie hochkommen lassen.»

«Aber ihr anderen, habt ihr das Kuhn nie gesagt?»

«Und ob! Immer wieder. Aber nur was der Meister sagte, wurde vom Schüler aufgesogen. Brehm war weg vom Fenster. Der Mann war durch den Schornstein.»

«Sie meinen, er war ausgebrannt?»

«Mehr als das. Er konnte nicht mal mehr einen Pinsel halten. Am Abend schluckte er haufenweise Aufputschmittel, damit er den Schwanz hochbekam, und am Morgen, wenn nichts mehr ging, wenn er wie ein Hundertjähriger zitterte, frass er eine Schachtel Beruhigungstabletten, damit seine zittrigen Finger ruhig wurden.»

«Jetzt übertreiben Sie aber, lieber Mann», provozierte Ferrari.

«Ich übertreibe?», schrie Hertz, «du hättest den Brehm letzte Woche sehen sollen. Sein Atelier war offen, es war um sechs, ich bin gerade nach Hause gegangen.»

«Sechs Uhr abends?»

«He, Mann, auf welchem Baum lebst du? Sechs Uhr morgens. Wenn man von der Muse geküsst wird, dann muss man dies ausnutzen. Ich habe um zehn gespürt, dass ich etwas Einmaliges vollbringen werde. Ich habe die ganze Nacht durchgemacht. Gemalt, das Bild aus der Distanz angeschaut … korrigiert … übermalt … wieder korrigiert, bis es gesessen hat. Willst du es sehen?»

Ferrari war es ihm schuldig. Er starrte auf eine sechs Meter grosse schwarz bemalte Leinwand mit einem weissen Punkt in der oberen Hälfte der Leinwand. Er vermutete, das Meisterwerk vor sich zu haben.

«Das ist es! Siehst du, wie es dreht? Siehst du den Kosmos in diesem Bild?»

Ferrari sah eine schwarze Leinwand mit einem weissen Nichts.

«Das ist es, mein Meisterwerk!», stammelte Hertz ergeben.

«Es ist … so etwas habe ich noch nie gesehen», gestand Ferrari.

Der Künstler strahlte.

«Das ist ein Wurf. So ein Bild gelingt nur einmal pro Jahr! Was sage ich, nur einmal im Leben!»

Nachdem der Kommissär das Werk gebührend gewürdigt hatte, brachte er das Gespräch nochmals auf Frank Brehm zurück.

«Ah ja, ich ging an seinem Atelier vorbei. Er sass wie ein Greis auf einem Stuhl. Zuerst dachte ich, dass er wie ich in der Nacht gemalt habe. Aber der Schlüsselbund steckte noch in der Türe, er schien eben erst gekommen zu sein. Er warf eine halbe Schachtel Tabletten ein und spülte sie mit Weisswein runter. Ich fragte ihn, ob er krank sei. Er verneinte. Es gehe ihm gut. Ich bin vielleicht zwanzig Minuten geblieben. Wir haben zusammen einen Kaffee getrunken. Eigentlich eine Sensation, wenn man bedenkt, dass er sonst niemanden ins Atelier liess. Zuerst musste er die Tasse mit beiden Händen halten. Trotzdem verschüttete er noch die Hälfte des Kaffees. Dann setzte die Wirkung der Tabletten ein. Er beruhigte sich und mit dieser Ruhe kehrte seine Überheblichkeit zurück. Der Mann war schon tot, bevor ihn jemand umgebracht hat.»

«Sie sagten, dass Kuhn ein guter Maler sei.»

«Ein Riesentalent. Ein Jahrhunderttalent. Und Frank erkannte das und nutzte es für sich aus.»

«Was heisst das konkret?»

«Frank verstand es, Herbie geschickt zu leiten. Wenn er nicht mehr weiter konnte, weil die Wirkung der Tabletten nachliess oder weil er einfach nichts mehr drauf hatte, dann befahl er Herbie weiterzumalen. Das war für Herbie das Grösste. Der Meister liess ihn an seine heilige Leinwand. Frank leitete ihn wie ein Dirigent sein Orchester. Und Herbie lief jedesmal zur Hochform auf. Die besten Bilder der letzten Jahre stammen alle samt und sonders aus Herbies Pinsel.»

«Sind Sie da sicher?»

«Da schwöre ich jeden Eid drauf. Es lief immer nach dem gleichen Schema ab. Herbie vollendete ein mittelmässiges Bild von Brehm und schuf ein Meisterwerk. Und Frank klopfte ihm gönnerhaft auf die Schulter. So etwa nach dem Motto, siehst du, mein Junge, jetzt hast du wieder etwas dazugelernt. Wenn du so weiter machst, dann wirst du noch einmal ein ganz passabler Maler. Dass er den Meister bereits zehn Mal überrundet hatte, wäre ihm nie im Traum eingefallen. Dann ist Brehm nochmals drüber. Die dumme Sau hätte den Herbie besser machen lassen.»

«Wie meinen Sie das?»

«Ganz einfach. Herbie hat Brehms lausigen Bildern mit einigen Strichen Leben eingehaucht. Einfach genial! Der hat was drauf. Das Arschloch Brehm hat es zwar erkannt, aber sein vernebeltes Ego konnte doch nicht zulassen, dass Herbie besser war. Darum hat er jedes Bild nochmals übermalt und versaut!»

«Kuhn hat wirklich bei Brehms Werken mitgemalt?»

«Frag ihn doch selbst, wenn du es nicht glaubst.»

«Dass so etwas überhaupt möglich ist.»

«Das lebten die alten Meister bereits vor. Michelangelo und da Vinci haben auch Schüler gehabt. Und wer kann heute noch feststellen, ob die Werke von den Meistern oder von den Schülern fertiggestellt wurden? Wobei ich natürlich Frank Brehm nicht mit diesen ganz grossen Vorbildern vergleichen möchte.»

Eine weitere Frage liess er nicht mehr zu. Hertz stiess den Kommissär aus seinem Allerheiligsten und schloss unsanft die Tür.

Im Atelier von Frank Brehm war es stickig und schmutzig. Überall standen offene Farbkessel herum. Ferrari durchstöberte das Atelier, öffnete den Kühlschrank. Champagner der feinsten Sorte und Weissweine aus dem Waadtland. Auf dem Tisch standen einige schmutzige Gläser und Kaffeetassen und an den Wänden hingen Hunderte von Fanbriefen aus aller Welt. Ferrari las einige, meist von schmachtenden Verehrerinnen, die dem Künstler ihr Herz zu Füssen legten. Doch etwas irritierte den Kommissär. Wieso konnte er nur ein einziges unvollendetes Bild im Atelier finden? Seltsam. Er untersuchte das Schloss, das keine Spuren von Gewalt aufwies. Die Spurensicherung hatte gute Arbeit geleistet. Ferrari verschloss das Atelier und kontrollierte nochmals, ob die Tür wirklich abgeschlossen war. Eine dumme Angewohnheit. In Gedanken strich Ferrari die Frage auf seinem Block durch, die er dem Polizeiarzt bezüglich der Medikamente in Brehms Blut hatte stellen wollen. Hertz hatte sie ihm beantwortet.

# 11. Kapitel

Der Kommissär entschloss sich am Nachmittag, spontan und unangemeldet Olivia Vischer aufzusuchen. Er würde sich einen Verweis von Borer einhandeln, aber das war ihm egal. Die Mosaikstückchen fügten sich langsam ineinander, nur im Zentrum seines Puzzles klaffte ein grosses Loch. Olivia Vischer könnte, unter der Voraussetzung, dass sie wollte, diese Lücke schliessen. Es war Donnerstag, der dritte Tag seiner Ermittlungen. Alle Personen, mit denen er gesprochen hatte, vermittelten ihm ein ähnliches Bild über Frank Brehm. Sie achteten Brehm als Künstler und verachteten ihn als Menschen. Er hatte viel über den Toten erfahren und eigentlich doch nichts.

An der Heuwaage fand sich der Kommissär plötzlich inmitten einer Demonstration wieder. Er hörte die Sirene der Polizei, die mit einem Einsatzkommando anrollte. Ferrari löste sich aus der Gruppe der Demonstranten, beinahe von einem Transparent getroffen, und zog sich auf die andere Strassenseite zurück. Die Demonstranten hatten sich auf die Tramschienen gesetzt. Der Einsatzleiter der Polizei sprach über ein Megaphon auf die Leute ein und bat sie, die Fahrspur freizugeben. Die vorwiegend jüngeren Menschen antworteten mit einem Pfeifkonzert. Sie demonstrierten für mehr Arbeitsstellen. Ferrari konnte ihren Frust gut verstehen. In einigen Jahren würde Nicole wohl mit der gleichen Situation konfrontiert werden.

Der Einsatzleiter sprach nochmals beschwörend auf die jungen Menschen ein. Als sich nichts rührte, begann die Polizei, die Schienen zu räumen. Die Demonstranten liessen sich widerstandslos wegtragen und rannten, sobald sie abgesetzt wurden, wieder zurück. Hilflos musste der Einsatzleiter zusehen, wie seine Beamten Sysiphusarbeit verrichteten. Inzwischen herrschte Verkehrschaos. Beinahe schon einen Eintrag im Guinnessbuch der Rekorde wert, diese lange Schlange grüner und gelber Tramzüge. Der Einsatzleiter hatte Verstärkung in Form eines Wasserwerfers angefordert und rief die Jugendlichen zum letzten Mal auf, die Schienen freizugeben. Das Buhkonzert der Demonstranten wurde durch den Wasserstrahl übertönt. Innert Minuten hatte die Polizei der unbewilligten Demonstration ein Ende gesetzt. Wenn das nur kein böses Nachspiel gibt, dachte Ferrari. Vermutlich war morgen in der Zeitung von der Unverhältnismässigkeit des Einsatzes zu lesen. Man würde den Einsatzleiter zur Verantwortung ziehen und den Polizeikommandanten zum Rücktritt auffordern.

«Polizist ist ein Scheissberuf», brummte Ferrari. Nikki war einmal weinend nach Hause gekommen. Einige Schulfreundinnen wollten nicht mehr mit ihr spielen, weil ihre Mutter einen Polizisten zum Freund hatte. Wenn aber ein Verbrechen geschieht, wenn die eigene Sicherheit in Frage gestellt ist, dann wird die Polizei gern gerufen. Manch ein Polizist riskiert bei einem Einsatz Kopf und Kragen. Aber das interessiert die Öffentlichkeit nicht. Berufsrisiko. Und wenn der Alltag in geregelten Bahnen verläuft, ist der Normalbürger froh, nichts mit der Polizei zu tun zu haben. Das widerspiegelte sich auch in Ferraris Freundeskreis, der vorwiegend aus Polizisten bestand. Allerdings aus wenigen, denn ihm missfielen die politischen Ansichten vieler seiner Kollegen. Nichtsdestotrotz, Ferrari liebte seinen Beruf. Scheissberuf hin oder her. Er würde ihn für nichts auf der Welt tauschen.

# 12. Kapitel

Ferrari fuhr mit dem Fünfzehner den Hügel zum Bruderholz hinauf. Was für eine herrliche Aussicht. Er liebte diese Stadt. Das Leben spielte sich auf ein paar wenigen Quadratkilometern ab und war eher beschaulich. Zum Glück. Nicht auszudenken, wenn es hier wie in Berlin, Frankfurt oder New York zugehen würde – Ferrari müsste dann wie Kojak von einem Mord zum anderen hetzen! Ferrari tastete sich übers Haar. In einigen Jahren wird wohl eine gewisse Verwandtschaft zu Kojak nicht zu leugnen sein …

Olivia Vischer empfing ihn persönlich und, was Ferrari angenehm berührte, ohne Hauswirth. Er nahm sich vor, standhaft jeglichem Alkohol zu entsagen, falls sie ihm ein Glas anbieten würde. Die Erfahrung, die er in der ersten Begegnung machen durfte, reichte vorerst.

«Setzen Sie sich bitte, Herr Ferrari. Einen Drink?»

«Nein. Vielen Dank. Ich habe beim letzten Besuch einen Cognac zu viel erwischt. Aber gegen eine Tasse Kaffee hätte ich nichts einzuwenden.»

Sie lachte.

«Mit Milch und Zucker?»

«Nur Milch, bitte.»

Einige Minuten später kam sie mit einem Tablett zurück.

«Meine Hausangestellten haben heute ihren freien Tag. Immer donnerstags. Das ist gut so. Ich schätze sie dann umso mehr, wenn sie wieder da sind.»

Olivia Vischer war eine äusserst attraktive Frau. Sie trug Schwarz, ob wirklich als Zeichen der Trauer oder nur, weil es üblich war, konnte er nicht beurteilen.

«Ich muss mich noch wegen meines Benehmens entschuldigen.»

«Ich bitte Sie, der plötzliche Tod … die Umstände …»

«Nett, dass Sie das sagen. Aber es gibt für diesen Fauxpas keine Entschuldigung. Wissen Sie, es hat sich in der letzten Zeit zugespitzt. Wir stritten öfters.»

«Ich muss Ihnen einige unangenehme Fragen stellen. Es lässt sich leider nicht vermeiden. Ich muss so viel wie nur möglich über den Menschen Frank Brehm wissen.»

«Fragen Sie ohne Rücksicht darauf, dass ich eine Vischer bin und dass Ihnen mein Vater bereits das Messer an den Hals gesetzt hat.»

Ferrari verzog sein Gesicht zur Grimasse.

«Mein Vater meint es nicht böse. Er will mich nur beschützen. Wie er es sein ganzes Leben lang getan hat. Ich bin für ihn immer noch das kleine Mädchen, die liebe, kleine Olivia.»

Ferrari rutschte nervös auf seinem Stuhl hin und her.

«Es ist für mich nicht ganz einfach, Frau Vischer. Ihre Familie verfügt in Basel über, sagen wir, grosses Ansehen.»

«… und Ihr Chef ist ein Studienfreund von mir, vergessen Sie das nicht.»

Wie hätte er das vergessen können.

«Das kommt noch dazu.»

«Sie können beruhigt sein. Ich hatte ein längeres Gespräch mit Jakob. Er sagte, Sie seien sein bester Mann. Prädestiniert für diesen Fall. Sie würden praktisch alle Fälle im Alleingang lösen und können sich immer der jeweiligen Situation anpassen. Sie seien sehr taktvoll. In diesem Fall besonders wichtig, denn wir wollen nicht», dabei verfiel sie in den stark akzentuierten Basler Dialekt, «dass man vor unserer Türe kehrt und Staub aufwirbelt. Nun denn, Inspektor Colombo, stellen Sie Ihre Fragen.»

Ferrari wusste nicht, ob er dies als Kompliment oder als Beleidigung auffassen sollte.

«Fassen Sie es als Kompliment auf. Ich bin mir ziemlich sicher, dass Sie den Fall lösen … ob es Sinn macht, sei dahingestellt.»

Die letzte Bemerkung klang sehr eigenartig.

«Weshalb soll es keinen Sinn machen, Frau Vischer?»

«Tote soll man ruhen lassen. Und Tote wie Frank erst recht. Wenn Sie den Mörder finden, geht der ganze Rummel wieder von vorne los. Frank hatte wenig Privatsphäre, war eine Person des öffentlichen Interesses. Keine ‹Schweizer Illustrierte› ohne den letzten Klatsch über Frank. Keine ‹Basler Zeitung› ohne Loblied über den bedeutendsten Sohn unserer Stadt. Aber Frank war, vor allem in den letzten Jahren, nicht die Person, die man aus den Medien kannte. Er war krank, krank vor Ehrgeiz. Er musste immer pompösere Werke schaffen, immer der Konkurrenz noch einen grösseren Schritt voraus sein. Und dieses ständige Sich-am-Limit-Bewegen kostete Kraft. Man hat richtig zusehen können, wie sich seine Batterien langsam entleerten.»

«Mir ist immer noch nicht klar, weshalb ich den Täter nicht finden soll.»

«Frank hat sich in der letzten Zeit in … na ja … eigenartigen Kreisen bewegt. Er steckte seine Grenzen immer weiter.»

«Wie meinen Sie das?»

«Ich habe erstmals vor zwei Monaten mitbekommen, dass er Kokain schnupft und …», sie hatte sichtlich Mühe, darüber zu sprechen, «auch seine sexuellen Vorlieben wurden immer sonderbarer.»

«Sie wussten davon?»

«Blind bin ich ja nun auch nicht. Er hat mich wahrscheinlich vom ersten Augenblick an betrogen. Aber in den vergangenen Monaten ging es bei ihm drunter und drüber. Ich möchte nicht weiter darauf eingehen, Herr Ferrari. Es ist für mich sehr schwer, über meinen Mann und seine Verhältnisse zu anderen Frauen zu sprechen. Vor allem, wenn ich daran denke, mit welchen Frauen er ins Bett ging.»

«Das kann ich gut verstehen. Ich bin Ihnen dankbar dafür, dass Sie so offen mit mir reden. Wie haben Sie Frank Brehm kennen gelernt?»

«Das war an einer Vernissage bei Torsten, bei Herrn Wohlfahrt. Es war Liebe auf den ersten Blick. Klingt ziemlich abgedroschen, nicht wahr?»

«Das finde ich nicht. Bei meiner Freundin und mir hat es auch auf Anhieb gefunkt.»

«Frank war ein gut aussehender junger Mann mit grossartigen Ideen. Wir diskutierten nächtelang über seine Projekte und über Gott und die Welt. Er war sehr einfühlsam, ein guter Zuhörer und gab mir die Geborgenheit, die mir nie zuvor jemand geben konnte. Wir heirateten, gegen den Willen meines Vaters. Aber als er sah, wie glücklich ich war, hat er klein beigegeben. Wir haben einige unvergleichlich schöne Jahre zusammen erlebt. Dafür bin ich ihm unendlich dankbar. Wenn ich mein Leben Revue passieren lasse, muss ich unter dem Strich sagen, dass ich trotz allen negativen Erlebnissen die Zeit mit Frank nicht missen möchte. Ich würde alles noch einmal so machen. Sogar dann, wenn ich wüsste, wie es endet.»

«Sie haben ihn geliebt.»

«Ich liebe ihn noch immer, ich liebe ihn über den Tod hinaus. Es wird in meinem Leben nie wieder einen Mann wie Frank Brehm geben. Er war einzigartig.»

«Aber er veränderte sich mit der Zeit.»

«Der Erfolg ist ihm zu Kopf gestiegen. Das war für mich eine Erkenntnis, die mein Weltbild ins Wanken brachte. Frank spottete nur noch über seine Kollegen. Sie seien kleinkariert, Ignoranten, Flachmaler, die besser als Anstreicher ihr Brot verdienen sollten. Und er empörte sich über jede negative Kritik in der Zeitung. Frank begann einen Kleinkrieg mit allen und jedem.»

«In welcher Beziehung?»

«Sie hätten einmal miterleben sollen, wenn Herbie eine Ausstellung gestaltete.»

«Sein Assistent?»

«Herbert Kuhn. Herbie war für die Kleinarbeit verantwortlich.»

«Wie standen die beiden zueinander?»

«Herbie liebte ihn genauso wie ich … auf eine andere Art. Er vergötterte ihn als Künstler. Ich liebte den Menschen Frank Brehm. Wahrscheinlich hat ihn Herbie noch mehr geliebt als ich.»

«Kennen Sie Kuhns Freundin?»

«Isa? Ich habe sie einige Male an Vernissagen getroffen. Wir haben einige Worte miteinander gewechselt. Sie ist ein bisschen verschlossen, aber sehr sympathisch.»

«Isa?»

«Isabelle Piatti. Weshalb fragen sie nach ihr?»

«Ach nur so. Ich habe gehört, dass sie sich zurzeit in der Psychiatrischen Universitätsklinik befindet.»

«Eine traurige Sache. Ich sprach mal kurz mit Herbie darüber. Sie hat psychische Probleme. Sie kommt mit dem Leben nicht zurecht und Herbie hat auch nicht die Kraft, ihr den Rücken zu stärken. Kennen Sie Herbert Kuhn?»

«Nein, noch nicht. Er steht aber ganz oben auf meiner Liste.»

«Ein grossartiger junger Mann.»

«Ich muss, so Leid es mir tut, nochmals auf eine Bemerkung von Ihnen zurückkommen. Sie sagten, Frank Brehm hatte eine Vorliebe für eigenartige Sexpraktiken entwickelt.»

Sie seufzte tief. «Muss das sein?»

«Wenn es Sie zu sehr belastet, werde ich nicht weiterbohren. Es könnte mir aber helfen.»

«Also gut. Frank war ein Mensch, der nichts auslassen wollte. Er hatte immer Angst davor, in seinem kurzen Leben etwas zu verpassen. Auch Sadomaso und Ähnliches probierte er aus.»

«Verstehe. Wie stand es mit Männerbekanntschaften?»

«Um Himmels willen! Da sind Sie nun aber total auf der falschen Fährte. Homosexualität war ihm ein Gräuel. Einige seiner Kollegen waren schwul. Um die hat er einen grossen Bogen gemacht.»

«Wer hat ihn umgebracht?»

Sie überlegte lange.

«Frank hat sich, wie bereits gesagt, mit allen und jedem überworfen. Er war ein Mann ohne Freunde. Aber dass ihn jemand ausreichend hasste, um ihn umzubringen? Das kann ich mir nicht vorstellen.»

«Es gibt viele Motive.»

«... unter anderem auch Eifersucht!»

«Die gehört auch dazu.»

«Ich bin nicht eifersüchtig gewesen, nicht mehr. Ich habe resigniert, Herr Ferrari, ob Sie es mir glauben oder nicht. An dem Tag, an dem er mir zu verstehen gab, dass er mich nicht mehr brauche, hat er mich verlassen und mein Leben mitgenommen. Was Sie hier sehen, ist nur noch eine leere Hülle … eine Marionette, die hoffte, dass ihr eines Tages durch Frank wieder neues Leben eingehaucht würde.»

Ferrari schaute ihr tief in die Augen. Olivia Vischer musste Frank Brehm abgöttisch geliebt haben.

«Ich hätte ihn immer wieder zurückgenommen, ohne Vorbehalt. Und die Anzeichen, dass er zurückkommen würde, standen nicht schlecht.»

«Hat er Ihnen das gesagt?»

«So etwas hätte ein Frank Brehm nie gebeichtet, nicht einmal andeutungsweise! Aber er klopfte in letzter Zeit immer öfters bei mir an, um Kleinigkeiten von mir zu verlangen.»

«Lebten Sie nicht mehr zusammen?»

«Auf dem Papier schon. In Wirklichkeit lebte er bei seinen Gespielinnen, im Atelier oder in unserem Haus in Paris. Ich bekam ihn nur noch zu Gesicht, wenn er was wollte. Schauen Sie mich nicht so komisch an. Frank hat mich wie einen Besen in den Schrank gestellt und mich herausgeholt, wenn es etwas zum Wegwischen gab. Das ist die Realität, basta. Und ich fühlte mich in meiner Rolle als Besen wohl. Ich wurde gebraucht. Es gab viel zu wischen.»

«In welcher Beziehung?»

«Ich ermöglichte ihm seinen Lebensstil. Seine Verkäufe waren rückläufig, stark rückläufig. Die Rezession ist auch am Kunstmarkt nicht spurlos vorbeigegangen. Man überlegt es sich heute ein paar Mal, bevor man ein Bild für hunderttausend Franken ersteht.»

«... das brauche ich mir nicht lange zu überlegen.»

Sie lachte.

«Die Ausstellungen in diesem Jahr waren allesamt Flops. Ich rettete über meine Beziehungen alle Ausstellungen. Bei Wohlfahrt liess ich sogar acht Bilder über einen Strohmann kaufen. So ist das Leben eben.»

«Wusste Herr Brehm davon?»

«Er ahnte es wohl. Und diese Ungewissheit verunsicherte ihn. Er wollte nicht von mir abhängig sein. Aber er wollte noch weniger seinen gewohnten Lebensstil aufgeben oder gar sich eingestehen, dass er nicht mehr der Grösste ist. Das wäre das Allerschlimmste gewesen. Also hat er lieber mit der Ungewissheit gelebt. Im Verdrängen unangenehmer Tatsachen war er Weltmeister.»

«Was ich nicht begreife, Frank Brehm war ein ziemlicher ...» Ferrari unterbrach sich, bevor er den Satz beendete.

«... ein ziemlicher was?»

«Hm, nichts weiter, Frau Vischer.»

Olivia Vischer lächelte mild.

«Ich muss Jakob Recht geben. Sie sind äusserst taktvoll, Herr Ferrari.»

«Eine abschliessende Frage, Frau Vischer. Was hatte Frank Brehm Besonderes an sich, dass Sie und Herr Kuhn ihm, entschuldigen Sie den Ausdruck, dass Sie ihm hörig waren? Obwohl Sie ja objektiv erkannten, dass er Sie nur benutzte. Es will mir einfach nicht in den Kopf. Sie schildern mir bis ins Detail, wie er sich Ihnen gegenüber verhielt, und trotzdem waren Sie immer für ihn da.»

«Das können Sie nicht verstehen. Das kann man niemandem erklären, der Frank Brehm nicht kannte.»

«Vielleicht verstehe ich es, wenn Sie es mir erklären.»

«Frank hatte Charisma. Er war ein ganz besonderer Mensch. Er ...», sie überlegte lange. «Ich kann es Ihnen wirklich nicht erklären. Vielleicht kann Ihnen Herbie weiterhelfen.»

Nach einer weiteren halben Stunde, in der sie sich über kulturelle Anlässe in Basel und über den Beruf eines Kommissärs unterhielten, verabschiedete sich Ferrari. Das Gespräch mit Olivia Vischer hatte ihn nicht weitergebracht. Er drehte sich im Kreis.

# 13. Kapitel

Mutter und Tochter sassen einträchtig vor dem Fernseher und spielten Nintendo. Ferrari küsste Monika, die kurz aufsah, seinen Kuss flüchtig erwiderte und sich sofort wieder aufs Spiel konzentrierte. Der Kommissär schenkte sich ein Glas Wein ein und setzte sich dazu. Die beiden spielten Donkey Kong. Donkey Kong und sein kleiner Freund Diddy mussten verschiedene Levels bewältigen. Sie sprangen über Abgründe, kletterten Bäume hoch und vernichteten böse Feinde. Monika und Nikki beherrschten den Joypad perfekt. Wenn ihre Figuren über den Bildschirm huschten, sah alles einfach aus. Ferrari wusste aus eigener Erfahrung, dass es ziemlich anstrengend war, die Figuren spielerisch elegant durch den Dschungel zu dirigieren. Irgendwann hatte er aufgegeben. Donkey Kong hatte ein weiteres Level bewältigt, was Mutter und Tochter mit einem frenetischen Freudengeheul feierten.

Ferrari hatte einmal gelesen, dass Computerspiele zur Vereinsamung der Jugend beitragen. Eine Behauptung, die er nicht so ohne Weiteres unterschreiben würde. Sicher, es gab Tage, an denen Nikki eine Stunde vor der Mattscheibe sass und ihre Handmuskeln strapazierte. Aber viel öfters kam er nach Hause und um den Nintendo balgten sich drei oder vier Freundinnen, die gemeinsam spielen wollten. Und, wie es in seiner Familie vorgelebt wurde, trug Nintendo sogar zur Bewältigung des Generationenkonfliktes bei!

«So, das wars für heute.» Monika beendete das Spiel und wandte sich an ihre Tochter. «Nikki, es ist Zeit für dich.»

«Ja, gleich. Francesco, hast du eigentlich die Tickets für Anastacia bekommen?»

«Natürlich oder hast du etwas anderes erwartet?»

«Ich habe gedacht, dass du es wieder vergisst.»

Nicole kannte ihn. Beim letzten Konzert hatte er fahrlässig geschlampt. Sie hatte ihn mehrmals daran erinnert und als er endlich am Ticketschalter anklopfte, war das Konzert ausverkauft gewesen. Er konnte sich noch sehr gut an das furchtbare Drama erinnern, als er sein Versäumnis beichten musste.

«Super! He, Mami, wir gehen zu Anastacia.»

Nikki summte den letzten Hit der Frau mit Brille und verzog sich.

«Damit hast du wieder einen grossen Stein im Brett.»

«Das kann man brauchen. Aber du scheinst auch wieder mit ihr klarzukommen.»

«Heute war sie ein Schatz. Aber das kann stündlich ändern. Am Samstag kaufe ich endlich Play Station II und neue Spiele. Donkey Kong ist schrecklich veraltet.»

«Aber hast du nicht erst kürzlich den Nintendo gekauft?»

«Möchtest du noch etwas essen?» Monika wechselte elegant das Thema.

«Nein, vielen Dank, aber …»

«Es ist noch was vom Mittagessen übrig. Wenn du willst, mache ich es dir warm.»

«Na gut, schon überredet.»

Ferrari bohrte nicht weiter nach, es wäre auch zwecklos gewesen. Wenn sich Monika etwas vorgenommen hatte, war es sehr schwierig, sie umzustimmen. Und Nikki war ihr da ähnlich, sehr sogar.

«Du musst mir aber Gesellschaft leisten», rief er ihr in die Küche nach.

«Klar doch.»

Monika setzte sich zu Ferrari an den Tisch.

«Und? Kommst du voran?»

«Nicht die Bohne», knurrte er mit halbvollem Mund. «Hmm, das schmeckt gut.»

«Freut mich. Hast du schon einen Verdächtigen?»

«Einen? Mit Ausnahme von Olivia Vischer und dem Galeristen findet die ganze Welt, dass Brehm der grösste Kotzbrocken gewesen sei. Von arrogant bis hin zur grössten Sau lautet die Beschreibung des Mannes. Das habe ich noch nie erlebt.»

«Hast du schon mit seinem Assistenten gesprochen?»

«Noch nicht. Der steht morgen auf meiner Liste. Wenn dieser Besuch auch nichts bringt, bin ich in einer Sackgasse gelandet. Ich habe mit dem engsten Kreis der Verdächtigen, einmal von Kuhn und Dr. Hauswirth abgesehen, gesprochen und …»

«Hauswirth?»

«Der Freund des Hauses, seit seiner Studienzeit unglücklich in Olivia Vischer verliebt. Musste zusehen, wie Frank Brehm sie unter aller Würde behandelte. Er hat ein doppeltes Motiv, Brehm zu töten. Er rächt sich an Brehm für die psychischen Gräueltaten, die dieser Olivia Vischer angetan hat, und gleichzeitig schafft er seinen einzigen Widersacher aus dem Weg.»

«Und Olivia Vischer, kommt sie als Täterin in Frage?»

«Ich weiss es nicht. Wenn, dann nur im Affekt. Eine geplante Aktion traue ich ihr nicht zu. Wenn sie ihn in einer eindeutigen Situation überrascht hätte, vielleicht. Aber auch nur dann, wenn sie sicher gewesen wäre, dass sie Frank für immer verloren hat.»

«Das sind keine guten Aussichten.»

«Das kann man wohl sagen. Und ich will den Fall bis zu unserem Urlaub gelöst haben. Wenn nicht, kann ich ihn unter die ungelösten Fälle einordnen. Entweder jetzt, solange die Sache noch heiss ist, oder nie.»

«Du darfst dich nicht unter Druck setzen, Liebling.»

«Leichter gesagt, als getan. Ich drehe mich im Kreis. Sie sind alle so überaus anständig und zuvorkommend. Wenn ich es nicht besser wüsste, würde ich sagen, sie stecken alle unter einer Decke.»

«Du siehst Gespenster, Francesco.»

«Mag sein. Aber eines ist sicher, jemand weiss mehr, als er sagt.»

«Und wer ist das?»

«Ich glaube, dass Olivia Vischer nicht alles gesagt hat, und auch der alte Vischer wusste mehr.»

«Dann rede mit ihnen … sprich sie darauf an.»

«Zuerst werde ich mir morgen einmal Herbie Kuhn zu Gemüte führen. Ich bin erstaunt, dass er sich nicht bei uns gemeldet hat.»

«Weshalb sollte er?»

«Sein Herr und Gebieter ist tot. Er hat ihn, Aussage von Olivia Vischer, noch mehr geliebt als sie. Er müsste doch ein elementares Interesse daran haben, dass der Mörder von Brehm gefasst wird.»

«Vielleicht hat ihn der Tod von Frank Brehm so mitgenommen, dass er gar nicht in der Lage gewesen ist, sich bei euch zu melden.»

«Das wird es sein. Oder er hat ihn ermordet und ist deshalb in Deckung gegangen.»

«Ist das dein Ernst?»

«Nein, das war nur ein Scherz. Ich sehe in jedem den Mörder. Das muss wohl so sein. Ich habe sogar Kuhns Freundin als Täterin in Betracht gezogen. Vielleicht habe ich es gar mit einem Komplott gegen Frank Brehm zu tun! Ach was, ich weiss es einfach nicht.»

«Wie geht es eigentlich Baer?»

«Er ist krank geschrieben. Bloss, ich traue dem Kerl nicht. Mit seiner Krankheit ist etwas faul. Er will sich nicht die Finger verbrennen, weil er auf Borers Abschussliste steht.»

«Du meinst, er feiert krank, damit ihm keine Fehler unterlaufen können.»

«Vermutlich. Ich fürchte, ich werde den Fall alleine lösen müssen.»

«Da bist du aber traurig, nicht wahr?»

Ferrari schmunzelte.

«Und wie.»

Der Kommissär gähnte.

«Ich bin müde. Gehen wir schlafen?»

«Ich lese noch ein wenig und komme dann auch. Schlaf gut, mein Schatz.»

# 14. Kapitel

Am nächsten Morgen fuhr der Kommissär mit dem Dreier nur ein paar Stationen, an der Breite stieg er schlecht gelaunt in den Bus um. Busfahren! Wie er das hasste. Die Route führte an scheinbar endlosen, stereotypen Wohnblöcken vorbei. Erst beim Anblick des Fussballstadions hellte sich Ferraris Miene auf. Er war schon immer ein echter FC-Basel-Fan gewesen, in guten wie in schlechten Zeiten. Und die schlechten hatten lange gedauert, sehr lange. Zweiundzwanzig Jahre war sein Verein ohne Titelgewinn geblieben. Man stelle sich das einmal vor. Doch die mageren Jahre gehörten zum Glück der Vergangenheit an. «Die Nummer 1 der Schweiz sind wir!», summte der Kommissär leise vor sich hin. Na ja, so ungefähr halt.

Der Bus holperte die Brüglingerstrasse hinauf. Die Fahrgäste wurden heftig durchgerüttelt. Ferraris Miene hatte sich wieder verfinstert. Die alte Kiste ratterte durch den Dreispitz, tuckerte mit Tempo vierzig der Dornacherstrasse entlang und erreichte endlich den Ring. Nach einer halben Stunde hatte Ferrari die Tortur überstanden.

Kuhn wohnte in einem erst vor Kurzem renovierten Dreifamilienhaus. Ferraris Klingeln blieb ohne

Reaktion. Nach zwei weiteren erfolglosen Versuchen beschloss er, Brehms Assistenten ins Kriminalkommissariat zu bestellen. Unerwartet öffnete sich im ersten Stock ein Fenster.

«Was wollen Sie?», lallte ein junger Mann.

«Sind Sie Herr Kuhn?»

«Das … das bin ich.»

«Ich möchte Sie sprechen.»

«Weshalb?»

«Machen Sie bitte auf. Ich sage es Ihnen drinnen. Es muss ja nicht unbedingt die ganze Nachbarschaft hören.»

Nach einigen Minuten wurde der Kommissär eingelassen.

«Puh, hier drinnen mieft es aber gewaltig. Haben Sie was dagegen, wenn ich ein bisschen frische Luft reinlasse?»

«Machen Sie, was Sie wollen.»

Ferrari öffnete das Fenster im Wohnzimmer.

«Wer sind Sie?»

«Können Sie sich das nicht vorstellen?»

«Sind Sie von der Polizei?»

«Kommissär Ferrari, Francesco Ferrari. Ich ermittle im Fall Brehm.»

Der junge, ungepflegte Mann, er hatte sich bestimmt seit dem Tod seines Chefs nicht mehr gewaschen und rasiert, starrte an die Wand.

«Sie kommen spät.»

Ferrari schaute sich neugierig im Zimmer um. An

den Wänden hingen Brehms. Die Kunstwerke verfolgten ihn. Es waren erstklassige Bilder, wie es dem Kommissär schien. Er zählte zehn grössere und einige kleinere Bilder, die eng über- und nebeneinander hingen. Grauenhaft. Niemals würde er diese wertvollen Werke so unpersönlich behandeln. Die Wohnung an sich war schlicht eingerichtet. Ein Junggesellenappartement, das zum Schlafen diente.

«Haben Sie seit dem Tod von Frank Brehm schon einmal das Haus verlassen?»

«Ja … habe mir einige Sandwiches gekauft.»

Der junge Mann war ohne Zweifel am Ende.

«Ich mache uns jetzt zuerst einmal einen Kaffee», schlug der Kommissär vor.

In der Küche stand eine teure Espressomaschine, was Ferrari eher überraschte.

«Milch und Zucker?», rief er fragend ins Wohnzimmer.

«Schwarz, mit viel Zucker», kam die Antwort zurück.

Mit einigen Handgriffen fand sich Ferrari in der Küche zurecht.

«Im Kühlschrank ist keine Milch. Wo könnte sie noch sein?»

«Unter dem Küchentisch. In einem Korb müsste noch eine ganze Flasche stehen», was der Tatsache entsprach.

Ferrari stellte den Kaffee auf den Klubtisch im Wohnzimmer.

«Trinken Sie mal einen ordentlichen Schluck, mein Junge. Dann fühlen Sie sich sicher besser.»

Herbert Kuhn sass in sich zusammengesunken da, die Kaffeetasse mit beiden Händen umklammernd.

«Scheissleben! Es ist alles sinnlos geworden. Jetzt lohnt es sich nicht mehr zu leben.»

«Man wirft sein Leben nicht einfach achtlos weg.»

«Was bin ich schon ohne ihn. Eine verkrachte Kreatur, ein Niemand!»

«Ihre Kollegen finden, dass Sie ein grossartiger Künstler sind.»

«Ach was, hören Sie mit diesem Unsinn auf.»

«Darf ich Ihnen ein paar Fragen stellen, Herr Kuhn?»

«Wie? Ja … bitte … was wollen Sie von mir?»

«Sind Sie aufnahmefähig, Herr Kuhn?» Ferrari war sich nicht sicher, ob Herbert Kuhn unter Drogen stand.

«Ob jetzt oder später, was macht das schon aus?»

«Vielleicht können Sie mir helfen, den Mörder von Frank Brehm zu finden.»

«Das gibt mir mein Leben auch nicht mehr zurück.»

«Sie meinen, das macht Frank Brehm nicht mehr lebendig.»

«Das ist doch jetzt egal. Es ist alles egal.»

Er sah sich hilflos in der Wohnung um.

«Suchen Sie etwas Bestimmtes?»

«Meine Zigaretten. Wo habe ich sie bloss hingelegt?»

Ferrari holte sie aus der Küche und zündete Kuhn eine an.

«Danke.» Er nahm einen kräftigen Zug. «Was wollen Sie wissen?»

«Wie lange haben Sie für Frank Brehm gearbeitet?»

«Ich lernte ihn in der Kunstgewerbeschule kennen. Er war Gastdozent. Ich fragte ihn, ob ich ihn einmal in seinem Atelier besuchen dürfe. Das war vor sechs Jahren, da war ich zweiundzwanzig.»

«Und wie ging es dann weiter?»

«Er fragte mich, ob ich für ihn arbeiten wolle. Da habe ich die Schule geschmissen und bin zu ihm gegangen.»

«Haben Sie Ihre Entscheidung nie bereut?»

«Bereut? Mann, wovon sprechen Sie? Ich durfte Frank Brehms Assistent werden. Ich war der Auserwählte! Frank brachte mir in zehn Minuten mehr bei als alle Lehrer. Das sind gute Handwerker, sie kennen die Materie aus dem Effeff. Aber das ist nichts im Vergleich zu Brehms Genie. Und ich bekam die Gelegenheit, beim grössten Künstler der Gegenwart zu lernen! Da habe ich meine Chance beim Schopf gepackt.»

«Und seither sind Sie für ihn tätig?»

«Ja, wir waren ein gutes Team.»

«Was war konkret Ihre Aufgabe?»

«Ich organisierte die Leinwände, zog die Chassis auf, stellte die Farben zusammen, hängte die Bilder in Ausstellungen auf. Alles, was eben so dazugehört.»

«Haben Sie auch manchmal mit ihm zusammen gemalt?»

«Gelegentlich. Ich durfte die einfachen Passagen malen. Die Passagen, die unter der Würde seines Genies waren.» Er sagte dies ohne jeglichen Sarkasmus.

«Was war Frank Brehm für eine Person?»

«Er war der vollkommenste Mensch, den ich kannte», betonte er nachdrücklich.

«Wie standen Sie privat zu ihm?»

«Ich verstehe Ihre Frage nicht.»

«Leisteten Sie ihm auch private Dienste?»

«Was … für … Dienste?», fragte er vorsichtig.

«Na ja, Zigaretten holen, Wein, Champagner.»

«Sicher, das gehörte auch zu meinen Aufgaben.»

«Was können Sie mir über sein Privatleben erzählen?»

«Nichts!», kam es verstockt zurück.

«Gab es Frauengeschichten oder Drogen?»

«Dazu sage ich nichts, Sie … Sie Mistkerl!», schrie er erregt. «Kommen hierher, fragen mich aus, mimen den harmlosen Polizisten. Dabei sind Sie nicht besser als alle anderen. Nur immer im Dreck wühlen … Schmutz … Schmutz. Das ist es, was ihr liebt. Aber von mir erfahren Sie nichts. Mein Leben ist ruiniert. Es ist aus … ich kann nicht mehr», er begann haltlos zu schluchzen.

«Ich will keine schmutzige Wäsche waschen. Aber ich muss mehr über Frank Brehm erfahren, damit ich den Täter überführen kann. Es ist doch sicher in

Ihrem Sinn, wenn der Mörder seine gerechte Strafe erhält.»

«Das bringt ihn auch nicht zurück. Aber fragen Sie halt, wenn es sein muss. Ich werde Ihre Fragen, so gut ich kann, beantworten.»

«Wann haben Sie Herrn Brehm zuletzt gesehen?»

«Am Montag.»

«Am Tag seines Todes?»

«Ich war bei ihm im Atelier. Ich sah ihn in den letzten Wochen nur selten, da ich mit zwei Ausstellungen beschäftigt gewesen bin. Bei Schneider & Wohlfahrt, um die neue Ausstellung zu hängen, und in der Galerie Schwanthaler in München habe ich eine aufwändige Installation aufgebaut.»

«Hat er sich in der letzten Zeit verändert?»

«Verändert? Nicht gerade verändert. Aber er hatte in den ganzen vier Wochen kein einziges Bild gemalt. Waren Sie im Atelier?»

«Ja, gestern. Wieso?»

«‹Indomnesia› hängt wahrscheinlich immer noch da.»

«‹Indomnesia›? Es hängt ein unvollendetes Bild an der Wand.»

«Das wird es sein. Er nannte es so, konnte aber nicht sagen, weshalb. Einer Eingebung folgend, meinte er. Er arbeitete seit einem Monat daran.»

«Und sonst malte er nichts?»

«Nein.»

«Ist das nicht eigenartig?»

«Für einen anderen Künstler nicht. Man hat immer wieder einmal eine Schaffenskrise. Frank hingegen hatte nie Krisen. Deshalb war ich auch so erstaunt.»

«Fragten Sie ihn nach dem Grund?»

«Zuerst wagte ich es nicht. Dann fragte ich ihn doch. Er sagte mir, dass er das Bild hundert Mal übermalt habe. Es würde ein Meisterwerk. Mit dem Bild würde er es allen Kritikern zeigen.»

«Ich möchte nochmals auf Brehms Beziehungen zu sprechen kommen. Hatte er Affären?»

«Beziehungen? Affären? Haben Sie mit Olivia darüber gesprochen?»

«Das habe ich.»

«Weshalb fragen Sie dann?»

«Olivia Vischer ist sicher in dieser Hinsicht etwas voreingenommen. Was man ihr nicht verübeln kann.»

«Frank war kein Kind von Traurigkeit. Er nahm immer alles mit, was sich ihm anbot. Manchmal sogar mehr als das.»

«Dann gab es mehrere Affären?»

Herbert Kuhn schaute durchs offene Fenster.

«Herr Kuhn! Gab es viele Affären?»

«Wie? Wie war die Frage?»

«Ob Frank Brehm viele Geliebte hatte, wollte ich wissen.»

«Immer wieder einmal eine, aber nie etwas Festes. Einmal, das war wirklich die Ausnahme, erklärte er mir, schon stark betrunken, seine Philosophie in Bezug auf Frauen.»

«Sie machen mich neugierig.»

«Ich sagte ihm klipp und klar, dass ich Olivia sehr attraktiv fände. Er lachte mich aus und meinte, dann könne ich mich ja für ihn opfern. Er erklärte mir, dass Olivia sein Gehirn inspiriere und die anderen Frauen seinen Sextrieb. Ich glaube, er sagte wörtlich, ich brauche immer zwei Frauen, eine für den Verstand und eine fürs Bett. Und die fürs Bett wurde immer wieder ausgewechselt. Die Frauen warfen sich ihm ja auch förmlich an den Hals», fügte er zur Entschuldigung von Brehm hinzu.

«Und bekam er nie Ärger?»

«Mit Olivia?»

«Ich dachte eher an die Ehemänner und Freunde seiner Geliebten.»

«Ab und zu drohte ihm mal jemand, dass er ihn zusammenschlagen werde. Aber er hat es immer irgendwie hingekriegt, dass sich das Ganze in Minne auflöste.»

«Wer könnte ihn umgebracht haben?»

«Ich … ich weiss nicht. Vielleicht war es ein Unfall.»

«Das lässt sich mit Sicherheit ausschliessen. Er ist mit einem stumpfen Gegenstand erschlagen worden.»

«Musste er leiden?»

«Ich glaube kaum. Der Schlag wurde mit grosser Kraft geführt, Brehm war sofort tot. Wir glauben auf Grund der grossen Schlagkraft, dass es ein Mann gewesen ist. Wie sieht nun Ihre Zukunft aus?», wechselte der Kommissär das Thema.

«Zukunft? Was ist schon die Zukunft? Ich muss in der Gegenwart leben. Über die Zukunft mache ich mir keine Gedanken.»

«Sie haben eine Freundin?»

«Warum fragen Sie? Sie wissen es sicher schon, dass Isabelle in der Psychiatrischen Universitätsklinik ist.»

«Ich will nicht aufdringlich sein …»

«… das sind Sie aber.»

«Wie geht es Ihrer Freundin?»

Kuhn kämpfte mit sich, ob er das Gespräch weiterführen sollte. Er entschied sich dafür.

«Es geht ihr mies, verdammt mies.»

«Weshalb ist sie überhaupt dort?»

«Sie … sie ist sehr sensibel. Das liebe ich so an Isa. Sie ist viel zu gut für diese Welt. Sie sieht alles immer positiv. Alle kommen zu ihr, belasten sie mit ihren Problemen. Und sie, sie saugt die Probleme der ganzen Welt wie Löschpapier auf, bis sie selber nicht mehr mit den Problemen anderer fertig wird. Ich mache mir solche Vorwürfe. Sie war immer für mich da. Und ich dachte keine Sekunde darüber nach, dass sie auch einmal Hilfe brauchen könnte. Ich bin ein Egoist. Als es ihr ganz dreckig ging, liess ich sie im Stich. Ich bin schuld daran, dass sie in psychiatrischer Behandlung ist.»

«Sie sind schuld daran?»

«Ich bin nicht da gewesen, als sie mich brauchte. Ich war in München. Olivia rief mich an und teilte mir mit, dass Isa eingeliefert worden sei … eine Überdosis Schlaftabletten. Sie wollte ihr Leben beenden. Und jetzt sitzt sie lethargisch in einem Zimmer. Sie spricht zwar mit mir … sie ist ganz ruhig. Aber ihre Augen, sie sind leer und kraftlos.»

«Wann kann sie wieder raus?»

«Die Ärzte sagen, dass ihr nichts fehle. Sie habe sich bestens erholt und wenn es nach Professor Hilpert ginge, könnte ich sie sofort abholen.»

«Wo ist denn das Problem?»

«Sie will nicht. Sie möchte bleiben.»

Ferrari verstand die Welt nicht mehr. Vor ihm sass ein angeschlagener, junger Mann ohne Lebensinhalt. Das Einzige, was ihn am Leben hielt, war seine Liebe zu seiner Freundin, und daran zweifelte der Kommissär keine Sekunde. Und in der Psychiatrischen Universitätsklinik war eine depressive, junge Frau, die dringend der Liebe dieses Mannes bedurfte. Eine total verrückte Welt.

«Wenn ich Ihnen irgendwie behilflich sein kann …»

«Ich wüsste nicht wie.»

«Wann haben Sie sie zuletzt gesehen?»

«Ich besuche sie jeden Tag.»

«Auch in den vergangenen Tagen?»

«Jeden Tag.»

Der Kommissär nahm sich vor, einen Gesprächstermin mit Professor Hilpert zu vereinbaren. Der junge Mann tat ihm Leid. Er würde versuchen, ohne dessen Wissen mit Isabelle Piatti Kontakt aufzunehmen. Kuhn würde es ihm sicher nicht gestatten.

«Kann ich Sie alleine lassen, ohne dass Sie irgendeinen Blödsinn anstellen?»

Kuhn lachte. Ein bitteres Lachen.

«Keine Angst, ich bringe mich schon nicht um.»

Ferrari verabschiedete sich.

«Ihre ganzen Wände sind mit echten Brehms gepflastert. Hat er Ihnen die Bilder geschenkt?»

«Franks Bilder? Ich habe nur ein Bild von Frank, und das hängt im Schlafzimmer.»

«Ich dachte … aber die Bilder im Wohnzimmer …»

Kuhn lachte.

«Man sieht, dass Sie sich nicht besonders gut mit Kunst auskennen. Das sind meine Bilder. Frank würde sich im Grab umdrehen, wenn er wüsste, dass Sie meinen Mist mit seinen Werken vergleichen.»

Der Kommissär verliess das Haus und warf nochmals einen Blick zum Fenster hinauf. Herbert Kuhn winkte ihm zu. Ferrari winkte unsicher zurück. In der kurzen Zeit hatte er doch durch Olivia Vischer, den Galeristen Wohlfahrt und durch seine gute Beobachtungsgabe einiges über Brehms Werk gelernt. Brehm hatte die Bilder in Kuhns Wohnung nie zu Gesicht bekommen, sonst wäre er ausgerastet und hätte seinen Assistenten hochkant rausgeworfen. Der Kommissär wartete nachdenklich auf den Bus. Was er gesehen hatte, war schlichtweg grosse Kunst. Sie würden jeden Vergleich mit der Brehmschen Sammlung bei Vischers standhalten. Ganz bestimmt.

# 15. Kapitel

Staatsanwalt Borer schäumte vor Wut. Ohne anzuklopfen, stürmte er in Ferraris Büro.

«Wie können Sie es wagen, Frau Vischer zu verhören, ohne Dr. Hauswirth zu informieren?»

«Ich wusste nicht, dass ich Herrn Dr. Hauswirth zuerst fragen muss», konterte der Kommissär, der gerade seine Notizen über das Gespräch mit Herbert Kuhn abschloss.

«Dr. Hauswirth hat mich angerufen, er ist empört. Er wird sich diesen Affront nicht gefallen lassen.»

«Er macht ziemlich viel Wind um die Sache. Ich habe Olivia Vischer nur einige persönliche Fragen gestellt.»

Borer hörte gar nicht zu.

«Es ist ein Skandal! Jawohl, ein Skandal. Ich werde Ihnen den Fall entziehen.»

Ferrari glaubte, sich verhört zu haben.

«Wie bitte? Habe ich richtig gehört?»

«Ganz genau, ich entziehe Ihnen den Fall. Baer soll weiterermitteln. Das ist mein letztes Wort.»

«Mit welcher Begründung, Herr Staatsanwalt?»

«Sie kommen keinen Schritt vorwärts. Ich will Resultate sehen.»

«Und wenn ich meine Arbeit mache, kommt irgendein hergelaufener Studienkommilitone und beschwert sich bei Ihnen.»

«Sie wagen es ... Sie wagen es, Herrn Dr. Hauswirth ...» Borers Stimme überschlug sich.

«Sie können mir den Fall entziehen, Herr Dr. Borer. Wie Sie wollen. Aber ich sage es Ihnen frei heraus, wenn Sie mir diesen Fall entziehen, werde ich eine Dienstaufsichtsbeschwerde gegen Sie einreichen. Ich werde belegen, dass Sie in dieser Angelegenheit befangen sind.»

«Wie reden Sie mit mir? Was erlauben Sie sich eigentlich?!»

«Jetzt rede ich und Sie haben Sendepause, Herr Staatsanwalt. Wenn Sie Ihre Freunde unbedingt schützen wollen, dann geben Sie und nicht ich den Fall an einen Kollegen ab. Herr Dr. Hauswirth gehört zu den Verdächtigen und ich werde mich unter keinen Umständen durch ein eng geflochtenes Beziehungsnetz davon abhalten lassen, den Mord aufzuklären. Und noch was. Ich bin seit über zwanzig Jahren im Dienst. Ich mache meine Sache gut. Und ich lasse mir, solange ich mich korrekt verhalte und nur meine Arbeit und nichts anderes als meine Arbeit erledige, nicht dreinreden. Auch nicht von Ihnen, Herr Staatsanwalt.»

«Sie sind aus dem Fall raus, Ferrari. Das ist ein Befehl. Haben Sie mich verstanden?»

«Ihr Geschrei ist nicht zu überhören. Und ich wiederhole es nochmals. Mein nächster Schritt wird sein, dass ich gegen Sie eine Dienstaufsichtsbeschwerde wegen Befangenheit einreiche. Und wenn ich damit nicht durchkomme, weil Sie Ihre Beziehungen spielen lassen, wende ich mich an die Presse.»

«Das … das wagen Sie nicht!»

«Und ob! Ich sehe schon die fette Schlagzeile: ‹Wurde Staatsanwalt Borer vom Basler Daig geschmiert?› Schön, nicht wahr? Und bestimmt förderlich für Ihre Karriere.»

Borers Gesicht war kreideweiss, Schweissperlen standen auf seiner Stirn. Wortlos liess er sich auf einen Stuhl fallen. Nur langsam schien sich Borer wieder zu fangen.

«Ferrari … das … doch, das traue ich Ihnen zu. Das hat ein Nachspiel, das verspreche ich Ihnen. Ich lasse mich nicht erpressen.»

«Und ich lasse mir keinen Fall wegnehmen, bei dem ich nichts verbockt habe.»

Borer fixierte Ferrari.

«Gut. Sie können den Fall weiterbearbeiten. Aber ich werde Ihre Schritte genauestens verfolgen.»

«Tun Sie das. Ach ja, noch was, ich werde Herrn Dr. Hauswirth als Zeugen vorladen, ob es ihm passt oder nicht. Bisher habe ich die hohen Damen und Herren aufgesucht. Die Schonfrist ist seit diesem Gespräch abgelaufen. Und wenn er nicht in nützlicher Frist erscheint, werde ich ihn ausschreiben. Dann kann ihn die Fahndung abholen.»

«Gehen Sie nicht zu weit, Ferrari! Sie sitzen ganz schön auf dem hohen Ross.»

«Richten Sie Ihrem Freund aus, dass es besser ist, wenn er sich an die Spielregeln hält. Er kann sich viel Ärger ersparen. Und jetzt entschuldigen Sie mich, Herr Staatsanwalt, ich muss einen Mord aufklären.»

Na bravo! Das hast du gut gemacht, Francesco. Ferrari starrte auf den Computer und haderte mit sich. Innerhalb weniger Minuten hatte er sich wahrscheinlich einen unerbittlichen Feind fürs Leben geschaffen, einen Feind, mit dem er eng zusammenarbeiten musste. Trotzdem, er hatte zu Recht auf seinem Standpunkt beharrt und er würde seine klare Linie weiterverfolgen, seinen Prinzipien und Überzeugungen treu bleiben, Borers und Vischers hin oder her. Er hatte eine Aufgabe und die würde er nach bestem Wissen und Gewissen erfüllen. Zweifellos. Aber war es auch sinnvoll? Wie hatte es Olivia Vischer formuliert? Tote solle man ruhen lassen. Tote wie Frank Brehm erst recht. Sie zweifelte am Sinn. Was brachte es der Gesellschaft, wenn der Mörder von Frank Brehm gefasst wurde? Vermutlich nichts. Gut, es liefe ein Verbrecher weniger auf der Strasse herum, in dessen Fussstapfen andere treten würden. Es war ein Teufelskreis. Eine ganz und gar undankbare Sache.

Ferrari verdrängte die trüben Gedanken und konzentrierte sich auf seinen Fall. Professor Hilpert hatte ihm einen Termin vorgeschlagen, entweder heute oder in drei Wochen, wenn der Arzt von seinem Urlaub zurück war. Ferrari würde den heutigen Termin wahrnehmen. Noch bevor er sich auf den Weg zu Professor

Hilpert machte, schickte er Hauswirth eine offizielle Vorladung, die er durch den Polizeikurier überbringen liess.

# 16. Kapitel

Das Gelände der Psychiatrischen Universitätsklinik lag an der stark befahrenen Flughafenstrasse. Ferrari stellte sich unter einer Psychiatrischen Universitätsklinik eine geschlossene Anstalt mit kranken Irren, einigen Gummizellen und harmlosen Idioten vor, die sich für Napoleon oder Cäsar hielten und mit Medikamenten ruhig gestellt wurden. Ganz nach dem Vorbild seines Lieblingsfilms. Der Kommissär musste seine Vorurteile gründlich revidieren. Er fand einen gut organisierten Betrieb vor, indem die psychisch Kranken professionell und nach den neuesten Erkenntnissen behandelt wurden.

«Danke, dass Sie sich die Zeit für mich nehmen, Herr Professor.»

«Es hörte sich dringend an.»

«Ich … wie soll ich sagen … es gibt eigentlich keinen direkten Anlass, mit Ihnen über eine Ihrer Patientinnen zu sprechen.»

«… aber einen indirekten», stellte Hilpert sachlich fest.

«Ich ermittle in einem Mordfall. Dem Mordfall Frank Brehm.»

«Oh, ich kannte Frank.»

«Privat?»

«Privat und geschäftlich», lachte der Professor.

«Er war Ihr Patient?»

«Patient ist zu viel gesagt. Es gibt bei uns verschiedene Abteilungen. Einige Patienten sind leicht verstört, wenn Sie mir diesen Ausdruck erlauben. Wir behandeln sie und entlassen sie nach einigen Tagen. Die schwierigeren Fälle bleiben über eine längere Zeit unsere Gäste. Und dann, und zu denen gehörte Frank Brehm, gibt es bekannte Persönlichkeiten, die einen Kollaps erleiden und sich bei uns regenerieren.»

«Brehm hatte einen Kollaps?»

«Frank litt immer wieder unter Verfolgungswahn, Angstzuständen und Depressionen.»

«Wie äusserte sich das?»

«Er fühlte sich von Freunden, Künstlern, Galeristen, schlicht von der ganzen Welt verfolgt. Und er hatte grosse Angst zu versagen. Nach einigen Ruhetagen war er ein anderer Mensch.»

«Interessant. War Frank Brehm öfters hier?»

«Etwa alle drei Jahre. Er hat sich für Anfang August bei uns eingeschrieben. Den Termin wird er wohl nicht mehr einhalten können.»

«Sie sagen es. Das ist wirklich interessant. Im Zusammenhang mit den Ermittlungen im Mordfall Brehm unterhielt ich mich mit seinem Assistenten, Herbert Kuhn.»

«… und seine Frau, pardon, seine Freundin Isabelle Piatti ist bei mir in Behandlung.»

«So ist es. Ich sage es Ihnen ganz offen, ich bin nicht hier, um im Fall Brehm zu ermitteln. Ich bin privat hier. Der Junge tut mir Leid, er ist ein Häufchen Elend und ich hoffe, ihm mit meinem Besuch hier irgendwie helfen zu können. Aber ich habe keine Ahnung, wie. Klingt verrückt, nicht?»

«Nicht verrückter als das, was ich sonst den ganzen Tag über höre. Es ist höchstens erstaunlich, dass sich ein hart gesottener Kommissär für zwei Liebende einsetzt.»

«Ich bin gar nicht hart gesotten.»

«Das war ein Scherz, Herr Ferrari. Nein, wirklich, es kommt selten vor, dass sich heutzutage jemand um seine Mitmenschen kümmert. Und es freut mich, dass es noch solche Menschen gibt. Ich trage gerne auch meinen Teil dazu bei. Nur, ehrlich gesagt, ich komme mit Isabelle auch nicht weiter.»

«Weshalb wurde sie eingeliefert?»

«Sie schluckte vor exakt zwei Wochen, an einem Freitag, eine Überdosis Schlaftabletten. Nachdem sie eine Verabredung mit ihrer Mutter nicht einhielt, und das ist etwa so, als wenn es im Juni schneien würde, wurde sie von ihr im Bett gefunden. Wir haben ihr den Magen ausgepumpt und sie auf der Beobachtungsstation in einem Einzelzimmer untergebracht.»

«Haben Sie nur Einzelzimmer?»

«Nein, aber in diesem speziellen Fall hat mich Olivia, ich meine Frau Vischer, darum gebeten.»

Da war sie wieder, die Familie Vischer. Ihr langer Arm reichte bis in die Irrenanstalt.

«Und wann wird sie entlassen?»

«Sie wäre schon längst wieder draussen. Sie will nicht. Nichts und niemand kann sie dazu bewegen. Das ist die Knacknuss. Isabelle fühlt sich hier wohl und geborgen, sie stellt sich auf ein Leben bei uns ein. Das ist vermutlich das Verrückteste an der ganzen Sache.»

«Hat sie Ihnen erklärt, weshalb sie die Tabletten geschluckt hat?»

«Wir führten einige intensive therapeutische Gespräche, auf die ich als Vertrauensarzt von Frau Piatti nicht näher eingehen möchte. Sie ist sehr intelligent und äusserst sensibel. Sie nimmt sich alles zu Herzen und frisst die Probleme in sich hinein. Sie glaubt an das Gute im Menschen. Auch wenn sie von jemandem verletzt wird. Sogar wenn sie jemand physisch oder psychisch misshandeln würde, könnte sie diesem Menschen nicht böse sein. Sie würde in erster Linie den Fehler bei sich suchen. Um es überspitzt zu formulieren, schlagen Sie Isabelle ins Gesicht, dann denkt sie darüber nach, wie sie Sie zu dieser Tat provoziert hat.»

«Geradezu biblisch, sie hält den Mitmenschen die andere Wange hin.»

«Mir wäre es lieber, sie würde sich ab und zu alttestamentarisch verhalten, Auge um Auge, Zahn um Zahn.»

«Und was gab Ihrer Meinung nach den Ausschlag, der zum Selbstmordversuch führte?»

«Ein emotionaler Schock. Ein Erlebnis, das sie nicht verarbeiten konnte. Das über ihre Kräfte hinausging.»

«Aber sie spricht nicht mit Ihnen darüber.»

«Nicht mit mir, nicht mit ihrem Freund und auch nicht mit ihrer Mutter. Wenn Sie wollen, können wir sie kurz besuchen. Sie macht gerade einen Spaziergang im Park. Ich stelle Sie als Freund vor. Wie heissen Sie mit Vornamen?»

«Francesco.»

«Ich bitte Sie aber, kein ernsthaftes Gespräch zu führen, vor allem nicht über Frank Brehms Tod oder den Zustand von Herbert Kuhn. Das könnte negativen Einfluss auf meine Therapie haben. Ein Rückschlag wäre nicht auszuschliessen.»

«Sie können sich auf mich verlassen.»

Isabelle Piatti sass auf einer Bank. Sie trug Jeans, ein weisses Shirt und winkte dem Professor lächelnd zu.

«Hallo, Professor, schön Sie noch einmal zu sehen.»

«Hallo, Isabelle, ich hoffe, dass Sie es verschmerzen werden, mich drei Wochen nicht mehr zu sehen. Aber auch ein Arzt muss mal in Urlaub fahren. Darf ich Ihnen meinen Freund Francesco Ferrari vorstellen? Er kam heute zufälligerweise vorbei und ich wollte ihm unsere Anlage zeigen.»

«Es freut mich, Sie kennen zu lernen, Herr Ferrari. Mein Name ist Piatti.»

«Ganz meinerseits, Frau Piatti.»

«Ist es nicht schön hier im Park? Ich sitze oft hier. Ich beobachte die Vögel und die Eichhörnchen. Und dort hinten, sehen Sie dort bei den Autoparkplätzen», sie nahm den Kommissär beim Arm und zeigte zum Ende des Parks, «da habe ich eine Liebesaffäre angefangen.»

«Eine Affäre?»

«Ja, mit einer Tigerkatze», lachte sie. «Jeden Tag zur gleichen Zeit treffen wir uns dort. Sie liegt immer unter einem der parkierten Autos. Wenn ich komme, streckt sie sich, streicht mir um die Beine und ich streichle sie. Lieben Sie Tiere, Herr Ferrari?»

«Ja. Ich hatte auch einmal eine Katze. Sie hiess Peter. Aber es war ein Weibchen. Als ich den Unterschied bemerkte, habe ich sie einfach in Peti umgetauft. Das klang neutraler.»

Sie lachte fröhlich.

«Das ist eine wirklich schöne Geschichte. Halte ich Sie und den Professor auf?»

«Aber nein, Isabelle, Sie sind meine intelligenteste und meine schönste Patientin», schmeichelte ihr der Professor, «aber auch meine störrischste!»

«Wissen Sie, Herr Ferrari, der Professor möchte mich loswerden. Er sagt, ich sei vollkommen gesund. Aber ich bleibe.»

«Und weshalb bleiben Sie?»

«Weil …», sie dachte angestrengt nach.

Hilpert und Ferrari tauschten Blicke aus.

«Weil … ich bin noch nicht soweit. Vielleicht werde ich es nie sein.»

Ihre Fröhlichkeit hatte sich in Traurigkeit verwandelt.

«Aber Sie können doch nicht Ihr ganzes Leben in … hier drinnen verbringen.»

«Ja, das weiss ich. Aber zuerst muss ich … ich muss zuerst Busse tun.»

«Wofür büssen, Isabelle?» fragte Hilpert nach.

«Ich muss zuerst bestraft werden. Erst dann bin ich wieder frei.»

In Gedanken versunken, liess sie die beiden einfach stehen und spazierte zum Hauptgebäude zurück. Sie sahen ihr besorgt und verwirrt zugleich nach.

«Sollen wir ihr nachgehen?»

«Besser nicht. Das hat sie zum ersten Mal gesagt. Wir sollten es auf sich beruhen lassen. Sie wird sich Schritt für Schritt öffnen. Übrigens, Herr Ferrari, damit Sie nicht auf dumme Gedanken kommen, Isabelle Piatti hat Frank Brehm mit Sicherheit nicht umgebracht.»

«Weshalb erwähnen Sie das?»

«Ich sah Ihnen diesen Gedanken an.»

Ferrari biss sich auf die Lippen. Manchmal konnte man in seinem Gesicht wie in einem offenen Buch lesen, sehr zu seinem Ärger.

«Die junge Frau hat mich beeindruckt. Herr Professor, Sie gehen jetzt drei Wochen in Urlaub. Darf ich inzwischen mit Frau Piatti Kontakt aufnehmen?»

Hilpert zögerte.

«Ungern, sehr ungern. Andererseits hatte ich den Eindruck, dass sie Sie mag. Hm. Also gut, einverstanden. Wenden Sie sich an meinen Kollegen Betschart. Ich werde ihn instruieren. Aber ich bitte Sie, ich bitte Sie inständig, zerstören Sie den kleinen Fortschritt nicht, den wir heute erzielt haben. Ich will mir nicht vorwerfen müssen, durch eine Fehlentscheidung Isabelles Eingliederung in die Gesellschaft zunichte gemacht zu haben.»

«Das garantiere ich Ihnen. Ich werde unter keinen Umständen etwas erzwingen. Sind Sie im Urlaub telefonisch zu erreichen?»

«Über mein Sekretariat. Dort wird man Ihnen meine Nummer geben.»

Ferrari verabschiedete sich. Er war sehr aufgewühlt und beschloss, telefonisch einen zivilen Streifenwagen anzufordern. Heute würde er sich auf Kosten der Steuerzahler nach Hause chauffieren lassen. Das hatte er sich verdient.

# 17. Kapitel

Freitagabend hatte für Ferrari einen besonderen Stellenwert. Seit er mit Monika zusammenlebte, gingen sie immer freitags ohne Tochter aus. Mal ins Kino, mal zum Essen. Nikki, die am Samstag ohnehin schulfrei hatte, verbrachte die Nacht bei einer Cousine von Monika. So konnten sie in Ruhe über die vergangene Woche diskutieren, über Neuanschaffungen für die Wohnung sprechen oder ganz einfach nur ein wenig miteinander über belanglose Dinge plaudern. An diesem Freitag fuhren sie ins Restaurant «Römerburg», das ausserhalb der Stadt auf einer Anhöhe mit prachtvoller Aussicht lag.

Sie bestellten Tomatensalat mit Mozzarella, dazu Prosecco und als Hauptgang ein Entrecôte double für zwei Personen. Ferrari studierte eingehend die Weinkarte, seine Wahl fiel auf eine Flasche St. Saphorin rouge.

«Können wir uns das überhaupt leisten, mein Schatz?», fragte Monika besorgt, noch immer am Champagnerglas nippend.

«Heute ist es mir vollkommen egal, was es kostet. Wir haben beide eine anstrengende Woche hinter uns. Und falls ich es mir nicht leisten kann, nehme ich einen Kleinkredit bei dir auf, Frau Apothekerin.»

«So geht es aber nicht. Du lädst mich zum Essen ein und präsentierst mir anschliessend die Rechnung. So verhält sich kein Kavalier!»

«Keine Sorge, ich habe die grosse Brieftasche dabei.»

«Dann lass uns anstossen.»

«Hm, hervorragend.»

«Ja, wirklich gut. Und nun meine Standardfrage. Bist du mit deinem Fall weitergekommen?»

«Willst du wirklich darüber sprechen? Wollen wir uns nicht über was anderes unterhalten?»

«Ich sehe dir doch an, wie sehr dich der Fall bedrückt. Er frisst kleine Furchen in deine Stirne.»

«Ich kann wohl nie ein Geheimnis vor dir bewahren.»

Er seufzte.

«Es ist nicht nur der Fall, es geht tiefer. Ich habe mich mit Borer verkracht.»

«Nicht zum ersten Mal und bestimmt auch nicht zum letzten Mal. Das wird sich wieder legen.»

«Ich weiss nicht. Diesmal sind wir echt aneinander geraten. Er wollte mir den Fall grundlos entziehen. Und ich habe ihm gedroht, damit an die Öffentlichkeit zu gehen.»

Monika lachte.

«Gute Nacht, Jaköbeli! Du hast seine Achillesferse getroffen. Ein Fressen für die Presse. Borer fliegt von der Karriereleiter.»

«Es ist mir rausgerutscht. Aber er hat mich provoziert.»

«Und einfach so abservieren lässt du dich nicht. Das müsste Borer eigentlich längst wissen. Ein höchst unkluger Schachzug des Staatsanwalts.»

«Und wie. Auch tun mir die beiden jungen Menschen Leid.»

Ferrari erzählte seiner Freundin, in welchem Gemütszustand er Kuhn und Isabelle Piatti vorgefunden hatte.

«Und da ist noch was. Im Hinterkopf hat sich ein Verdacht gebildet. Und der lautet, dass Isabelle Piatti in den Fall verwickelt ist.»

«Du meinst, sie hat Brehm getötet?»

«So weit denke ich gar nicht. Sie sagte ganz merkwürdige Dinge, wie war das noch? Sie könne die Klinik erst verlassen, wenn sie ihre Tat gesühnt habe oder so ähnlich.»

«Und du glaubst, sie meinte damit den Mord?»

«Ich bin mir eben nicht sicher. Vielleicht weiss sie, wer der Mörder ist. Vielleicht verkraftet sie dieses Geheimnis nicht.»

«Vielleicht war es ihr Freund, dieser Kuhn.»

«Kuhn?» Der Kommissär dachte nach. «Das halte ich für ausgeschlossen. Kuhn lebte nur für seinen Herrn, wie ein Hund. Und jetzt, wo sein Herr tot ist, will er auch sterben.»

«Hat er das gesagt?»

«Nicht wörtlich, aber sinngemäss. Irgendetwas Irrationales wie ‹Frank nahm mein Leben mit› oder so in der Art.»

«Die haben doch alle einen Knall. Kuhn ist verrückt oder zumindest seinem Meister hörig, seine Freundin depressiv, Olivia Vischer ist gestört, lässt sie sich doch wie der letzte Putzlappen behandeln, der Anwalt, wie heisst er gleich noch …»

«Hauswirth, Dr. Hans Hauswirth.»

«Hauswirth ist krank vor Eifersucht. Die beiden Normalsten scheinen Olivia Vischers Vater und der Galerist Wohlfahrt zu sein.»

«Na ja, der Galerist hat auch eine Macke. Aber eine liebenswerte. Ah, da kommt die Vorspeise.»

Während des Essens tauschten sie den letzten Familienklatsch aus. Monikas Schwester wollte sich zum x-ten Mal von ihrem Mann scheiden lassen. Ferraris Mutter litt wieder einmal unter starker Migräne. Die stellte sich immer dann ein, wenn sie sich von der Verwandtschaft vernachlässigt fühlte. Monika hatte sie kurz besucht, um einen sozusagen therapeutischen Kaffee mit ihr zu trinken. Und siehe da, die Migräne löste sich augenblicklich in Luft auf. Nikki fand die gesamte Menschheit blöd, inklusive Monikas Cousine. Und die Nachbarn beschwerten sich über den Rauch des Gartengrills, den Ferrari vor zwei Wochen aufgestellt hatte.

«Wir werden Rutschmanns zu einer Grillversöhnungsparty einladen müssen», brummte Ferrari kauend.

«So sieht es aus. Sonst hetzen sie uns die Polizei auf den Hals. Francesco, ich möchte etwas mit dir besprechen.»

«So formell? Du willst mich doch hoffentlich nicht verlassen?»

Monika lachte.

«Iss ruhig weiter. So schlimm ist es nicht. Peter und Susanne möchten zurück nach St. Gallen. Sie haben es mir heute gebeichtet. Das bedeutet, dass ich einen anderen Pächter für die Apotheke suchen muss. Und das möchte ich nicht.»

«Sondern?»

«Ich möchte wieder in meinen Beruf einsteigen. Und jetzt bietet sich die beste Gelegenheit dazu.»

«Hast du dir das genau überlegt? Du hast dann wieder keine Zeit mehr für dich.»

«Ich weiss. Ich habe so meine Vorstellungen.»

«Und Nikki?»

«Nikki ist doch kein kleines Kind mehr, sie wird elf. Aber so, wie du reagierst, brauche ich gar nicht weiter zu reden.»

Ferrari sah ihr tief in die Augen. Er suchte ihre Hände, streichelte sie zärtlich.

«Entschuldige, war wohl sehr egoistisch von mir.»

Sie nickte nur.

«Ich bin natürlich damit einverstanden. Das weisst du, aber …»

«Frauen gehören an den Herd, oder?»

«So in etwa. Es tut mir Leid. Bitte, Monika, ich möchte mich nicht mit dir streiten. Ich bin nicht in der Stimmung dazu. Du hast also genaue Vorstellungen darüber, wie du die Apotheke führen willst.»

Nach einigen Minuten taute sie wieder auf.

«Willst du es wirklich hören?»

«Ganz bestimmt.»

«Ich möchte die Angestellten, die in der Apotheke arbeiten, weiterbeschäftigen. Zudem möchte ich eine weitere Apothekerin einstellen.»

«Kannst du dir das leisten?»

«Die Apotheke ist eine Goldgrube. Du hast nie danach gefragt, aber es kommt allein durch die Pachtzinsen einiges zusammen.»

«Ach so ist das. Ich rackere mich ab, drehe jeden Franken zehn Mal um, bevor ich ihn ausgebe, und du hortest das Geld.»

«So ungefähr. Im Ernst, dadurch, dass ich eine weitere ausgebildete Apothekerin als meine Stellvertreterin einstelle, bekomme ich die gewünschte Freizeit, um mich um deinen Liebling zu kümmern.»

«Vergiss bitte den Francesco nicht ganz. Auch er möchte verwöhnt werden. Was passiert, wenn ich nicht einverstanden bin?»

«Dann mache ich so lange Terror, bis du nachgibst.»

«Diesem letzten Argument kann ich mich unmöglich verschliessen. Ich bin einverstanden.»

Monika strahlte. Wie aufs Stichwort wurde der Hauptgang serviert. Beim Kaffee angelangt, nahm Monika nochmals das Thema Frank Brehm auf.

«Hast du schon einmal in Betracht gezogen, dass ihn ein Fremder ermordet haben könnte?»

«Du meinst einen Raubmord? Es scheint nichts zu

fehlen, kein Bild, nichts. Und bei einem Raubmord wird der Tote liegen gelassen. Brehm wurde aber vom Mörder auf die Fähre geschleppt.»

«Was auch wieder keinen Sinn macht. Weshalb geht ein Mörder das Risiko ein, beim Transport der Leiche erwischt zu werden? Wenn ich jemanden umbringe, dann im Geheimen. Nur in Fernsehkrimis werden die Leute in Teppiche eingewickelt und wegtransportiert, um vom eigentlichen Tatort abzulenken. Bist du sicher, dass Brehm im Atelier ermordet wurde?»

«Ja, das haben die Untersuchungen ergeben. Er hat sich nicht einmal gewehrt. Wir müssen davon ausgehen, dass er den Mörder kannte. Er öffnete ihm das Atelier, was laut Aussage seines Ateliernachbars eine grosse Ehre war. Er heisst wie einer der Autovermieter, Avis, quatsch, Hertz heisst er. Nur der engste Kreis gelangte ins Allerheiligste des Meisters.»

«Dann wurde er von einem seiner Freunde umgebracht.»

«Und da kommen nicht allzu viele in Frage. Es sei denn, seine derzeitige Bettmuse wurde von ihrem Mann verfolgt, und der brachte ihn um.»

«Mit wem war er zur Tatzeit liiert?»

«Das ist eine gute Frage. Ich weiss es nicht. Herbert Kuhn wird mir das beantworten können.»

«Du magst den Jungen.»

«Den Jungen und seine Freundin.»

«Und wenn er der Mörder ist?»

«Was ist dann?»

«Ist es nicht denkbar schlecht, wenn man in einen Fall emotional verwickelt ist?»

«Du meinst, ich soll den Fall abgeben?»

«Das hängt davon ab, ob du in der Lage bist, die Fakten objektiv zu beurteilen.»

«Das bin ich. Ich bringe mich nicht in den Fall ein. Es ist eher Mitleid. Die beiden zerstören ihr Leben, sie werfen es achtlos weg. Das ist total sinnlos. Es liegt doch noch vor ihnen. Sie sind sich sehr ähnlich. Sie quälen sich, nicht einander, nein, sie quälen sich selbst. Jeder ist sich selbst sein ärgster Feind.»

«Und du meinst, dass du das ändern kannst?»

«Vielleicht kann ich den beiden klar machen, dass sie ihr Leben nicht nutzlos vergeuden dürfen. Wir haben nur das eine. Und das Leben kann doch so schön sein.»

Der Kellner brachte mit ernster Miene die Rechnung. Ferrari bezahlte und gab ihm ein grosszügiges Trinkgeld.

«Du hast heute deine Spendierhose an.»

«Immer, wenn ich mit dir ausgehen darf.»

Sie spazierten wie ein jung verliebtes Paar dem Wald entlang zu den Parkplätzen. Es war einer der ersten milden Sommerabende dieses Jahres. Das Lichtermeer der Stadt glitzerte in der sternenklaren Nacht. Fast schien es so, als tanzten die fernen Lichter mit den Sternen um die Wette.

«Weisst du, was ich an dir so liebe, Francesco?»

«Dass ich wie George Clooney aussehe und einen Intelligenzquotienten wie Albert Einstein habe?»

«Nein, im Ernst. Es gefällt mir, dass du so menschlich bist. Immer auf der Suche nach der Wahrheit, aber nicht um jeden Preis. Du bist Polizist, Staatsanwalt, Verteidiger und Richter in einem. Nein, lach jetzt nicht. Wenn alle so menschlich wären, dann würde es keine Verbrechen mehr geben und keine Brehms, für die alle anderen nur Mittel zum Zweck sind. Dann würden wir in einer friedlicheren Welt leben. Francesco, ich liebe dich!»

«Ich liebe dich auch, Monika.»

# 18. Kapitel

Es war kein besonders erfolgreiches Wochenende gewesen. Ferrari hatte sich nochmals durch die Untersuchungsergebnisse geackert in der Hoffnung, dass ihm irgendein Detail auf die Sprünge helfen würde. Etwas, das er bisher übersehen hatte. Eine noch so kleine Spur, die er verfolgen könnte. Vergebens. Er tappte im Dunkeln. Wo blieb denn nur seine Intuition? Sein feines Gespür? Lag es daran, dass er sich in einer fremden Welt bewegte, deren Mechanismen er nicht durchschaute? Einer Welt, die aus einem harten Kern bestand, zu dem man entweder von Geburt an gehörte oder für immer ausgeschlossen blieb? Brehm war durch die Heirat mit Olivia Vischer wohl oder übel akzeptiert gewesen, mehr nicht. Das fein gewobene Beziehungsnetz funktionierte bestens, kaum etwas drang nach aussen. Abgesehen von Klatsch und Tratsch natürlich. Geld war kein Thema, Geld hatte man. Und Macht. Das bekam jeder zu spüren, der sich mit dieser Welt anlegte. Was, wenn Olivia Vischer die Mörderin war? Ein schriller Pfiff liess den Kommissär zusammenzucken. Eine Amselmutter versuchte von ihrem Nest abzulenken. Was folgte, war eine laute Schimpftirade. Ferrari, der wie jeden Morgen für ein paar Minuten im Garten stand und der Natur lauschte, war ihr entschieden zu nahe gekommen. Sein Vater hatte immer gesagt, dass ein Tag, an dem man die Vögel nicht hören und die Schönheit der Natur nicht geniessen könne, ein verlorener sei. Dieser Montag war gerettet. Hoffentlich gilt dies auch für meinen Fall, brummte Ferrari und schaltete das Radio ein. Im benachbarten Lörrach war eine Scheune ausgebrannt, vermutlich Brandstiftung. Und die Elbe hatte in Tschechien und Brandenburg einen Höchststand erreicht. Ganze Siedlungen mussten evakuiert werden. Die Behörden von Brandenburg rechneten damit, dass die aufgeweichten Dämme den Wassermassen nicht mehr lange standhalten konnten. Die Natur wehrt sich gegen die Wunden, die ihr der Mensch täglich zufügt, dachte Ferrari. Die Ressourcen der Erde wurden immer mehr ausgebeutet, alles für den Fortschritt und vor allem für die Mobilität des Menschen. Bundesregierung und Europäische Union stellten hundert Millionen Euro für Soforthilfe zur Verfügung, ergänzte der Nachrichtensprecher. Das war ein Tropfen auf den heissen Stein. Innert weniger Tage hatten Tausende von Menschen ihre Existenz verloren. Ihr Heim, ihr ganzes Hab und Gut würde kein Geld der Welt wieder zurückbringen. Die Bundeskanzlerin hatte die Gegend aufgesucht und den Menschen medienwirksam Mut zugesprochen. Im Anschluss war sie zu der Einweihung eines neuen Stahlwerkes geflogen. Ferrari stellte sich die ketzerische Frage, ob die Bundeskanzlerin primär wegen der Hochwasserkatastrophe Brandenburg aufgesucht hatte oder um das Stahlwerk einzuweihen. Der Nachrichtensprecher ging nahtlos zum Sport über. Der FC Basel verstärkte sich für die nächste Saison mit zwei weiteren Neueinkäufen aus der Bundesliga, während der Hochsommer noch immer auf sich warten liess. Temperaturen bis höchstens zwanzig Grad waren angesagt. Ferrari schaltete das Gerät ab und trank in Ruhe seinen Kaffee. So viel Zeit musste sein.

Ferrari hatte Hauswirth auf halb neun vorgeladen. Der Anwalt war pünktlich.

«Guten Tag, Herr Ferrari.»

«Guten Tag, Herr Dr. Hauswirth. Bitte setzen Sie sich. Es ist schön, dass Sie es einrichten konnten.»

«Ich konnte Ihre Einladung beim besten Willen nicht ausschlagen», entgegnete Hauswirth.

«Herr Dr. Borer hat mich von Ihrem Protest in Kenntnis gesetzt. Ich bedaure dieses Missverständnis, aber mir war nicht bewusst, dass Sie bei einem informellen Gespräch dabei sein wollten. Und ich möchte betonen, dass es sich in keiner Weise um ein Verhör handelte, denn Frau Vischer gehört nicht zum Kreis der Verdächtigen.»

«Schon gut, sparen wir uns die Formalitäten. Sie und ich wissen, dass das nicht stimmt, aber lassen wir das. Was wollen Sie von mir?»

«Ich habe einige Fragen an Sie. Wie standen Sie zu Frank Brehm?»

«Er war der Mann meiner Klientin.»

«Sonst nichts?»

«Nein, das ist alles. Ich erklärte Ihnen bei Ihrem ersten Besuch bei Frau Vischer bereits, dass er nicht zu meinem Freundeskreis zählte.»

«Was eigentlich erstaunlich ist, denn Sie sind mit Frau Vischer befreundet, die oft und gern in Künstlerkreisen verkehrt.»

«Ich traf Frank immer wieder, das ist richtig. Aber ich habe mich nicht für seine Kunst und noch weniger für seine Person interessiert.»

«Wie stehen Sie zu Frau Vischer?»

«Zu Olivia? Wir studierten zusammen und ich berate sie in verschiedenen Angelegenheiten.»

«Hegen Sie mehr als nur geschäftliche Beziehungen zu Frau Vischer?»

«Wie darf ich Ihre Frage verstehen, Herr Ferrari?» Hauswirths Ton wurde aggressiver.

«Nun, aus zuverlässiger Quelle habe ich vernommen, dass Sie in Olivia Vischer verliebt seien, sie aber diese Liebe nicht erwidere.»

«Das ist doch … das ist doch eine Unverschämtheit, eine Verleumdung. Das lasse ich mir nicht gefallen.» Hauswirth erhob sich und ging zur Türe.

«Herr Dr. Hauswirth, bitte setzen Sie sich. Sie ersparen sich und mir grosse Unannehmlichkeiten. Wenn Sie es wünschen, kann ich Herrn Staatsanwalt Borer zu diesem Gespräch beiziehen.»

Er setzte sich widerstrebend.

«Das ist nicht notwendig. Ich schätze Olivia Vischer sehr.»

«Lieben Sie Frau Vischer?»

«Ja, verdammt noch mal. Ist das ein Verbrechen?»

«Nein, sicher nicht. Das behauptet auch niemand.»

«Diese verfluchten Aasgeier. Immer wieder taucht jemand auf, der unsere Beziehung in den Schmutz ziehen will. Seit Jahren geht das schon so. Frank Brehm ist der Ehemann, ich bin der Liebhaber. Dabei bringt mir Olivia nur freundschaftliche Gefühle entgegen. Wer ist Ihre Informationsquelle?»

«Ich weiss es nicht mehr. Nein, um ehrlich zu sein, ich darf es Ihnen nicht sagen. Jetzt nochmals zu meiner Eingangsfrage, wie standen Sie zu Frank Brehm? Bevor Sie antworten, Herr Dr. Hauswirth, muss ich Sie noch darauf hinweisen, dass ich Sie verdächtige, Frank Brehm getötet zu haben.»

«Ich?! Das ist das Lächerlichste, was ich je gehört habe. Das ist doch heller Wahnsinn!», tobte der Anwalt.

«Da bin ich anderer Meinung. Ich werde einen Haftbefehl gegen Sie beantragen.»

«Glauben Sie ja nicht, dass Sie mich mit Ihrem Benehmen beeindrucken. Was Sie gegen mich in der Hand haben, ist nicht mal das Schwarze unter den Fingernägeln wert. Sie bluffen und Sie sind ein miserabler Pokerspieler, mein Lieber.»

Hauswirth wirkte wieder gefasst, wurde ganz Staranwalt, der in seiner Karriere schon einige Staatsanwälte niedergestreckt hatte.

«Wenn Sie glauben, dass Sie sich an mir wegen meiner Beschwerde rächen können, dann irren Sie sich gewaltig. Da braucht es schon ein anderes Kaliber. Stellen Sie Ihre stupiden Fragen und lassen Sie mich dann gefälligst in Ruhe. Also, worauf warten Sie?»

Ferrari hatte sich verschätzt. Der Mann war eiskalt und liess sich nicht so leicht einschüchtern.

«Sie hassten Frank Brehm.»

«Diese Niete konnte man nicht hassen! Der Mann war ein Versager, wie es viele auf der Welt gibt.»

Der Kommissär verstand den Wink, ging aber nicht darauf ein.

«Herr Hauswirth …»

«Dr. Hauswirth, bitte. Ich habe einen akademischen Grad und der Titel wurde mir nicht geschenkt. Ich darf also von Ihnen erwarten, dass Sie dies würdigen!»

«Herr Dr. Hauswirth, ich bleibe dabei, Sie hassten Frank Brehm mehr als alles andere auf der Welt.»

«Verachtet wäre schon eher das richtige Wort. Was konnte er schon? Ein bisschen malen und fertig. Die wirklich guten Bilder stammen von Herbert Kuhn. Hat Ihnen das schon jemand gesagt?»

«Ja.»

«Brehm war eine armselige Kreatur. Voller Ehrgeiz, Neid und so kaputt, dass er nicht mehr richtig malen konnte. Er stand ständig unter Medikamenten. War er in Schwierigkeiten, kroch er nach Hause wie ein räudiger Hund und bettelte um Almosen. Und solch ein armseliges Schwein soll ich gehasst haben?»

«Aber Olivia Vischer liebte ihn. Trotz allem.»

«Olivia! … Olivia! Ich verstehe nicht, was Sie an dem Typen sah. Sie war doch viel zu schade für ihn. Ich sagte ihr immer wieder, trenn dich von dem Versager, bevor er dich mit in den Sumpf hineinzieht. Aber sie hörte nicht auf mich. Dabei hat sie so sehr gelitten. Ich konnte nicht mehr zusehen …»

«… und haben Frank Brehm aus dem Weg geräumt.»

«Wie … was habe ich? Quatsch, ich habe den Mistkerl nicht umgebracht.»

«Sondern?»

«Ihm auf eine andere Art geschadet.»

«Und die wäre?»

«Sie müssen wissen, dass ich sämtliche finanziellen Transaktionen für Olivia erledige. Und in letzter Zeit gab es viel zu erledigen», betonte er hämisch.

«Olivia Vischer beauftragte Sie, Frank Brchm zu helfen?»

«Ja, er kam aus seinen finanziellen Problemen nicht mehr heraus. Die Ausstellungen floppten, die Ausgaben stiegen. Der Herr Künstler erlaubte sich einen hohen Lebensstandard, einen Standard, der weit über seinen Verhältnissen lag. Olivia gab mir einige Aufträge … bedauerlicherweise verschlampte ich den einen oder anderen.»

«Wenn ich Sie richtig verstehe, unterschlugen Sie Beträge, die Frank Brehm zufliessen sollten.»

«Nicht unterschlagen, ich habe sie einfach nicht ausbezahlt.»

«Und Olivia Vischer ist Ihnen nicht auf die Schliche gekommen?»

«Sie vertraut mir blind. Sie kontrolliert nie einen Kontoauszug.»

«Aber Frank Brehm hätte misstrauisch werden müssen.»

«Zuerst schon. Doch ich mimte seinen lieben, guten Freund, brachte ihm schonend bei, dass Olivia ihn satt habe trotz Zuspruch meinerseits. Es war erstaunlich, er glaubte mir und zog sich immer mehr von Olivia zurück.»

«Damit schadeten Sie aber auch Olivia Vischer.»

«Es gibt Menschen, die muss man zu ihrem Glück zwingen. Olivia gehört dazu. In einem halben Jahr wäre sie über die Sache hinweg gewesen. Frank hätte ich dazu gebracht, in eine Scheidung einzuwilligen, natürlich gegen einen gewissen Betrag.»

«Und Sie wären der lachende Dritte gewesen.»

«Hören Sie, Ferrari, ich liebe Olivia seit der Studienzeit. Ich war nicht mehr bereit zuzuschauen, wie sie eingeht. Für nichts und wieder nichts. Mir war jede Methode willkommen, Frank Brehm auszuschalten.»

«Bis hin zum Mord!»

«Nein. Mord ist nicht mein Metier. Verhaften Sie mich, wenn Sie wollen. In vierundzwanzig Stunden bin ich wieder draussen. Sie haben keinerlei Beweise!»

Ferraris Beweiskette war mehr als dünn. Das wussten beide.

«Wie verhalten Sie sich, wenn Frau Vischer von Ihren Machenschaften erfährt?»

«Wer wird es ihr erzählen? Ausser uns beiden weiss es niemand. Und Sie werden es doch nicht ausplappern, oder?»

«Kommen wir auf Frank Brehm zurück. Er hat Ihnen Olivia Vischer vor der Nase weggeschnappt. Haben Sie ihn deshalb so gehasst?»

«Er nahm mir nichts weg, höchstens vorübergehend. Hass! Was ist schon Hass? Hass, Verachtung! Wo liegt die Grenze? Ich verachtete ihn … und, da Sie ja doch immer wieder auf diesem Wort herumreiten, ich hasste ihn. Dafür, dass er Olivia andauernd mit irgendwelchen Nutten betrog.»

«Nutten?»

«Ach Sie wissen schon, nicht im üblichen Sinn. Frauen aus den besten Kreisen, die sich an ihn ranwarfen. Und er liess sich nicht lange bitten. Er beschmutzte Olivia mit jedem weiteren Verhältnis. Allein dafür verdiente er den Tod.» Hauswirths Augen glühten.

«So viel ich weiss, hat Brehm seine Frau nur ein oder zwei Mal betrogen.»

«Ein oder zwei Mal? Dass ich nicht lache. Rund um die Uhr. Der Mann war kunst- und sexbesessen. Er wechselte seine Gespielinnen wie ich meine Hemden.»

«Kennen Sie seine letzte Geliebte?»

«Beatrice Rebholz.»

Ferrari notierte sich den Namen, der ihm bekannt vorkam.

«Die Tochter des Bankiers?»

«Die Frau des Bankiers», bemerkte Hauswirth.

«Das ist interessant. Noch eine Frage, wo waren Sie in der Mordnacht?»

«Zu Hause. Leider ohne Alibi. Aber ein Mensch, der nichts zu verbergen hat, braucht auch keines. Wo waren Sie übrigens in der Mordnacht?»

Ferrari dachte nach. Vermutlich zu Hause im Bett. Und wenn er hellseherische Fähigkeiten besitzen würde, hätte er sicher auch die nächsten Tage im Bett verbracht. Dann wäre dieser Fall, der ihm langsam entglitt, erspart geblieben.

«Ich habe keine weitere Frage an Sie, Herr Dr. Hauswirth. Bitte halten Sie sich zur Verfügung und sprechen Sie mit Ihrer Mandantin. Sie soll es mich wissen lassen, falls ich sie nur noch in Ihrer Anwesenheit aufsuchen darf.»

«Bin ich frei? Keine Verhaftung?»

«Nein, die Beweise reichen nicht aus, noch nicht. Sollte sich mein Verdacht erhärten, werde ich Sie erwischen. Das schwöre ich Ihnen. Dann können Sie noch so viele Asse aus dem Ärmel zaubern, es wird Ihnen nichts nützen.»

«Sie machen mich neugierig, Herr Ferrari. Ich bin auf unser nächstes Gespräch gespannt. Vielleicht haben Sie dann mehr als nur leere Vermutungen in der Hand.»

«Man weiss nie, Herr Dr. Hauswirth. Ach ja, noch etwas. Aus welchem Grund waren Sie in der Mordnacht im Atelier bei Frank Brehm?»

«Ich? Schon wieder so ein Bluff. Hören Sie doch bitte mit Ihren billigen Tricks auf.»

«Sie wurden vom Ateliernachbarn gesehen, Herr Dr. Hauswirth», pokerte der Kommissär weiter.

«Vom Ateliernachbarn? Das ist ein Irrtum.»

«Irrtum ausgeschlossen. Er hat sie eindeutig identifiziert. Also, weshalb waren Sie dort?»

Hauswirth rutschte unruhig auf seinem Stuhl hin und her.

«Frank … Frank bestellte mich in sein Atelier», gestand er leise.

«Etwas Besseres fällt Ihnen nicht ein?»

«Es war so. Frank wollte mich sprechen.»

«Weshalb?»

«Er war total am Ende und mit der Scheidung einverstanden.»

«So plötzlich? Das klingt nicht besonders einleuchtend.»

«Aber es ist die Wahrheit.»

«Weshalb haben Sie das nicht schon längst gesagt? Das würde Sie doch entlasten. Wenn er mit der Scheidung einverstanden gewesen wäre, hätten Sie Ihr Ziel erreicht. Warum also die Geheimniskrämerei?»

«Ich wollte nicht in diesen Fall hineingezogen werden. Das verstehen Sie doch sicher, ein Mann in meiner Position. Ich war wahrscheinlich der Letzte, mit Ausnahme des Mörders, der Frank lebend gesehen hat.»

«Weshalb wollte er sich scheiden lassen?»

«Ich nehme an, er brauchte dringend Geld. Wir heckten zusammen einen Plan aus, wie Frank ans Geld kommen sollte. Und als Gegenleistung hätte er sich scheiden lassen und wäre endlich aus Olivias Leben verschwunden.»

«Wie sah dieser Plan aus?»

«Vor einigen Jahren hatte Olivia die Idee, Frank ein eigenes Museum einzurichten. Über eine Stiftung, die sie gründen wollte, die Fondation Brehm. Als Frank davon hörte, rastete er total aus. Er brauche keine Gruft für seine Kunst. Museen seien etwas für Tote. Und er würde noch hundert Jahre leben. Na ja, nicht ganz, wie wir wissen … Olivia wollte ihm vor Baubeginn fünfzehn Millionen Franken zur Verfügung stellen, damit er in Ruhe arbeiten konnte. Nur, das wusste Frank nicht. Ich erzählte ihm davon und schlug vor, er solle dem Bau des Museums zustimmen. Ich hätte Olivia die frohe Botschaft überbracht und mich gleichzeitig als Präsident der Stiftung eingebracht.»

«Und Sie glauben, Brehm hätte seinen Teil der Abmachung eingehalten?»

«Ja. Ihm war klar, dass er das Geld erst nach der Scheidung bekommen würde.»

«Das wäre doch aufgefallen! Und überhaupt, Olivia Vischer hätte nie und nimmer in die Scheidung eingewilligt.»

«Ich wiederhole mich gern, Olivia vertraut mir blind. Sie kümmert sich nie um Geldtransaktionen. Und was die Scheidung betrifft, Frank hätte sich durchgesetzt.

So lange Terror gemacht, bis Olivia nachgegeben hätte. Oder die ganz fiese Masche rausgekehrt. So in der Art: ‹Lass mich bitte gehen. Ich verkümmere, wenn ich nicht frei bin.› Frank war sehr raffiniert. Es wäre ein Geschäft mit lauter Gewinnern gewesen.»

«Mit einer Ausnahme, Olivia Vischer! Eine ziemlich miese Tour das Ganze.»

«Wie Sie meinen, Herr Ferrari. Inzwischen braucht es ja keine krummen Touren mehr. Dem Mörder sei Dank.»

«Was wollte Brehm mit dem Geld anfangen?»

«Leben und saufen in vollen Zügen, bis ihn der Teufel holt … bloss der hat nicht lange auf sich warten lassen. Was für ein Verlust! Ein Jammer ist das.»

Hauswirth driftete in weitere Geschmacklosigkeiten ab. Ferrari war froh, das Gespräch beenden zu können. Es würde schwierig werden, den Fall aufzuklären. Besonders, wenn der Täter womöglich Dr. Hans Hauswirth hiess. Der Anwalt hatte sich voll im Griff und liess sich kein bisschen einschüchtern. Sogar Ferraris Bluff hatte er elegant gekontert. Der Mann war entweder wirklich unschuldig oder aber ein ganz eiskalter, raffinierter Mörder, der nur zu genau wusste, dass man ihm nichts nachweisen konnte.

# 19. Kapitel

Ferrari suchte sich die Adresse von Beatrice Rebholz heraus. Langsam ärgerte er sich, dass Baer noch immer krank spielte. Er hätte ihm einiges abnehmen können. Der Kommissär nahm sich vor, bei nächster Gelegenheit dem Patienten einen unangemeldeten Besuch abzustatten. Und sollte sich sein Verdacht bestätigen, würde er um dessen Versetzung bitten. Genau. Und zum wiederholten Mal eine Sekretärin beantragen.

Professor Anton Rebholz war Generaldirektor und Mehrheitsaktionär einer der grössten Schweizer Privatbanken, die sich auf die Vermögensverwaltung spezialisiert hatte. Vor Jahren wollte Ferrari in dieser Bank Geld wechseln, Schweizer Franken in US-Dollar. Höflich, aber bestimmt wurde ihm zu verstehen gegeben, dass er nicht am richtigen Ort sei. Man empfahl ihm, doch am Bahnhof das Geld zu wechseln. Damals wie heute schoss ihm das Blut in den Kopf. Anscheinend musste man einige Millionen sein Eigen nennen, um in diesen erhabenen Gemäuern bedient zu werden.

Professor Rebholz wohnte mit seiner Frau in Riehen. Der Kommissär meldete sich telefonisch an, vermied es aber bewusst, seinen Beruf und den Grund des Besuchs zu nennen. Nach einigen Minuten wurde ihm mitgeteilt, dass Frau Rebholz nicht zu sprechen sei. Erst als er insistierte und den Namen Frank Brehm ins Gespräch einfliessen liess, wurde er durchgestellt. Beatrice Rebholz wollte, wie sie versicherte, gerade in die Stadt fahren und schlug ein Treffen im Café «Schiesser» am Marktplatz vor, in einer halben Stunde.

Trotz Regen versammelten sich einige Touristen vor dem Rathaus. Interessiert schienen sie ihrem wild gestikulierenden Stadtführer zu lauschen und tauchten Minuten später im Schutze des Innenhofes in die Vergangenheit ab. Mitten auf dem Platz scheuchten Kinder Tauben auf, ihnen konnte das schlechte Wetter nichts anhaben. Am Eingang des Cafés wurde Ferrari von einer älteren, beleibten Dame angerempelt und zur Seite geschoben. Diese Dame hat wahrscheinlich nur Kaffee und Kuchen im Kopf, dachte er. Keinen Sinn für die Schönheit dieses Platzes, geschweige denn für die Architektur und die Geschichte.

Er folgte der Frau die Treppe hoch in den ersten Stock und schaute sich im Café nach Beatrice Rebholz um. Er erkannte die Bankiersgattin auf Grund einiger Pressebilder. Vor ungefähr zwei Jahren hatte sie den Bankier Anton Rebholz geheiratet. Nicht aus Liebe, wie getuschelt wurde, sondern aus reiner Geldgier. Ferrari wusste nicht, was er von den Gerüchten halten sollte. Als Aufhänger der Gerüchteküche musste der Altersunterschied von dreissig Jahren herhalten. Für die Regenbogenpresse war die Affäre ein Fressen gewesen. Monatelang wurde das ehemalige Fotomodell als Schmarotzerin verleumdet und zur Erbschleicherin gestempelt, obwohl der Bankier sich bester Gesundheit erfreute. Der alte Bankier hielt sich in der Öffentlichkeit vornehm zurück. Nach der Hochzeit waren die bissigen Kommentare schlagartig verstummt.

Beatrice Rebholz, eine grosse, schwarzhaarige Schönheit, begrüsste den Kommissär flüchtig. Sie sicherte sich mit nervösen Blicken nach links und rechts ab. Anscheinend befürchtete sie, erkannt zu werden. Für einen kurzen Augenblick nahm sie ihre dunkle Sonnenbrille ab.

«Ich habe wenig Zeit, Herr Ferrari. Um was geht es?»

Ferrari bestellte ein Glas Mineralwasser. Er musste vorsichtig und mit viel Taktgefühl vorgehen.

«Ich ermittle im Mordfall Brehm und möchte Ihnen gerne ein paar Fragen stellen. Wenn es Ihnen hier unangenehm ist, können wir unser Gespräch gerne an einem anderen Ort weiterführen.»

«Ob hier oder anderswo, das spielt keine Rolle. Was möchten Sie wissen?»

«Sie kannten Frank Brehm?»

«Wie man sich eben so kennt in der Basler Szene.»

«Mir ist nicht ganz klar, wie ich das ‹wie man sich so kennt› verstehen soll.»

«Man trifft sich an einer Vernissage oder im Theater. Es sind immer etwa die gleichen Leute, denen man an Anlässen begegnet.»

«Und Sie sind Herrn Brehm einige Male an solchen Anlässen begegnet?»

«Genau. Mal bei Schneider & Wohlfahrt, mal in der Kunsthalle, auch schon in Paris.»

«Frau Rebholz, ich möchte nicht taktlos erscheinen, aber kannten Sie Herrn Brehm nicht ein wenig besser?»

«Besser?» Sie trank langsam einen Schluck Kaffee, um ihre Strategie neu zu überdenken.

«Was heisst schon besser, wir kannten uns eben.»

Der Kommissär begann zu schwitzen. Er hasste diese Situationen. Er wusste, dass er sie jetzt mit ihrem Verhältnis zu Frank Brehm konfrontieren musste.

«Ich … wir haben einige Anhaltspunkte dafür … dafür, dass Sie und Frank Brehm mehr als nur gute Freunde gewesen sind.»

«Das stimmt nicht, das sind üble Verleumdungen!»

«Frau Rebholz, ich garantiere Ihnen, dass dieses Gespräch unter uns bleibt. Es wird nichts davon nach aussen dringen, auch nicht zu Ihrem Mann.»

Die Anspannung in ihrem Gesicht liess sichtbar nach.

«Woher wissen Sie es, das mit dem Verhältnis?»

«Erlauben Sie mir bitte, dass ich Ihnen dies verschweige. Es wäre gegenüber meinem Informanten nicht korrekt. Es stimmt also, dass Sie und Herr Brehm mehr füreinander empfanden?»

«Nein, das stimmt nicht.»

«Frau Rebholz, zwingen Sie mich bitte nicht …», sie unterbrach ihn mitten im Satz.

«Ich liebte ihn. Doch für ihn war ich nur eine gut aussehende Puppe. Wir kannten uns seit fünf Jahren. Seither trafen wir uns in losen Abständen.»

«Sie hatten also ein Verhältnis?»

«Nichts Ernstes. Kann ich mich wirklich darauf verlassen, dass niemand von diesem Gespräch erfährt?»

«Ja, das können Sie.»

«Gut, ich glaube Ihnen. Also, Frank und ich, wir hatten eines gemeinsam, die Sexbesessenheit! Deshalb waren wir ein ideales Paar. Wir sahen uns von Zeit zu Zeit und immer ist es zu einem intimen Kontakt gekommen.»

«Auch nach Ihrer Heirat?»

«Zuerst nicht. Wir sind uns einige Zeit aus dem Weg gegangen. Ich wusste genau, dass es passiert, wenn ich ihn sehe. Dann erhielten wir von Olivia, Frau Vischer, eine Einladung zur ART. Ich wollte nicht hingehen, aber mein Mann bedrängte mich. Frau Vischer gehört zu seinen besten Kundinnen. Als ich Frank am Stand von Schneider & Wohlfahrt wiedersah, war es um mich geschehen. Wir warteten einen günstigen Augenblick ab und verschwanden für eine halbe Stunde … Genauer wollen Sie es sicher nicht wissen.»

«Nein, danke. Das genügt mir. Und dann?»

«Danach gings so richtig wieder los. Intensiver denn je. Frank war noch besessener als früher. Wie jemand, der einen ungeheuren Nachholbedarf hat. Oder jemand, der Angst hat, dass es bald das letzte Mal ist.»

«Und dieses Verhältnis dauerte bis zu seinem Tod.»

«Nicht ganz.»

«Sondern?»

«Vor einigen Monaten beichtete ich Frank, dass ich mich in ihn verliebt hatte. Ich weiss, es ist unvorstellbar. Ausgerechnet in Frank Brehm!»

«Wusste Ihr Mann von Ihrem Verhältnis?»

«Anton? Nein, das glaube ich nicht. So gut könnte er sich nicht verstellen. Ich glaube, er liebt mich wirklich, auf seine Art. Er geht gern mit mir aus und er freut sich über die neidischen oder bewundernden Blicke, die man mir zuwirft. Schauen Sie nicht so. Ich weiss, was ich kann und was ich bin. Mein Körper ist mein Kapital. Ich hatte Glück, dass ich eine Karriere als Fotomodell machen konnte. Glück gehört zum Leben. Und auf dem Laufsteg lernte ich Anton Rebholz kennen. Er war in einer delikaten Angelegenheit dort. Die ganze Kollektion wäre ohne ihn gepfändet worden. Wir trafen uns mehrmals und dann hielt er ganz formell, wie es sich für einen Kavalier der alten Schule gehört, um meine Hand an. Und ich habe, ohne zu zögern, Ja gesagt. Der Konsequenzen, dass ich seither in einem goldenen Käfig lebe, war ich mir damals nicht bewusst. Durch Frank bekam ich die Chance, ab und zu aus meinem Gefängnis auszubrechen.»

«Hatten Sie nur diese eine Affäre, seit Sie mit Herrn Rebholz verheiratet sind?»

«Ich weiss zwar nicht, was diese Frage mit Ihrem Fall zu tun hat, aber ich werde sie beantworten. Frank war mein einziger Liebhaber.»

«Sie erklärten also Frank Brehm, dass Sie sich in ihn verliebt hatten.»

«Ja, und das war falsch. Zuerst lachte er mich aus. Ich solle mit diesen Scherzen aufhören. Wir seien beide gleich. Liebe sei nur ein Wort, von Spinnern und Schwächlingen erfunden, um von anderen Problemen abzulenken. Als er dann merkte, dass es mir ernst war, diskutierten wir eine ganze Nacht lang. Als ich nach Hause fuhr, wusste ich, dass er sich nie ändern würde. Er hatte mich beschworen, keine Dummheiten zu machen. Olivia und Anton würden uns das Genick brechen, wobei er mehr Angst vor meinem Mann als vor Olivia hatte. Die konnte er jederzeit um den Finger wickeln. Ich brachte das Thema dann nie mehr auf den Tisch.»

«Wann war das genau?»

«Das war … im Juni fand die ART statt, im November die Ausstellung in Moskau, das muss so Ende Januar, Anfang Februar gewesen sein.»

«Also vor etwa knapp fünf Monaten.»

«Das kann stimmen. Wir trafen uns noch einige Male. Ich kam einfach nicht los von ihm. Um ehrlich zu sein, ich wollte gar nicht. Ich hoffte nach wie vor, dass er sich eines Tages auch in mich verlieben würde. Dann geschah etwas Eigenartiges.»

«Wann und was?»

«Wann kann ich Ihnen genau sagen, am 1. Mai. Mein Mann hielt am Tag der Arbeit in Bern eine Ansprache, Olivia befand sich mit ihrem Vater in Paris. Wir trafen uns bei ihm im Atelier. Er wirkte verstört, war schon stark betrunken und stammelte etwas wie, es sei halt eben doch nicht so, dass sich nur die Schwachen verlieben würden. Ich konnte gar nicht glauben, was ich da hörte. War es bloss der Alkohol und die Tabletten, die ihn zu einem verliebten Irren machten, oder hatte er sich tatsächlich in mich verliebt? Sie glauben nicht, wie sehr ich auf diesen Moment gewartet hatte.»

Beatrice Rebholz bestellte sich einen weiteren Kaffee. Die Kellnerin brachte ihn zusammen mit einem leeren Aschenbecher.

«Dann … dann eröffnete er mir, dass er sich verliebt habe, aber er könne mir nicht sagen in wen. Sie wisse es noch nicht und er wisse nicht, ob sie seine Liebe erwidere.»

Beim letzten Satz funkelten ihre Augen vor Wut.

«Für einen Augenblick dachte ich, mich tritt ein Pferd! Diese Schmach. Er liess mich zu sich ins Atelier kommen, um mir mitzuteilen, dass es vorbei sei. Er könne mich nicht mehr treffen. Wissen Sie, wie ich mir vorgekommen bin? Wie die billigste Hure!», flüsterte sie, dem Weinen nahe.

Ferrari taten sich ganz neue Perspektiven auf. Frank Brehm war verliebt gewesen. In eine Frau aus seinem Freundeskreis, die nichts davon wusste.

«Wir stritten uns danach heftig. Ich sagte ihm, dass ich mir wie eine Hure vorkomme. Er lachte wie ein Wahnsinniger. Ich tobte, ich schlug das halbe Atelier zusammen. Zuerst liess er mich schreien, dann wurde es ihm zu bunt. Er drohte, mit meinem Mann zu sprechen. Damit brachte er mich schlagartig zum Schweigen. Meine Drohung, mit Olivia darüber zu sprechen, amüsierte ihn köstlich. ‹Erzähl es ihr, das ist mir egal, ich werde mich sowieso von ihr trennen. Ich beginne ein neues Leben.› Das waren seine Worte.»

«Und wer seine Auserwählte war, konnten Sie nicht herausfinden?»

«Leider nein.»

«Wer könnte in Frage kommen?»

«Ich verfolgte ihn in den letzten zwei Monaten immer wieder. Ich bin wie ein Schulmädchen auf der Lauer gelegen, klapperte seine Stammkneipen ab, fragte seine Kollegen aus. Aber niemand wusste etwas. Und glauben Sie mir, wenn es jemand aus dieser Stadt ist, dann hätte ich es rausgekriegt.»

«Trafen Sie ihn nach diesem Zwischenfall nochmals?»

«Nein, das heisst an der letzten Vernissage bei Schneider & Wohlfahrt haben wir uns gesehen. Wir tauschten einige Worte aus, mehr nicht.»

«Ich muss Ihnen diese Frage stellen. Wo waren Sie am Montag, dem 26. Juni, abends?»

Sie blätterte ihre Agenda durch.

«Ich habe mir an diesem Abend nichts notiert. Vermutlich war ich zu Hause. Sie müssten meine Hausangestellten fragen, wenn es denn unbedingt sein muss.»

«Ich werde es zu vermeiden versuchen. Wie stehen Sie zu Ihren Angestellten?»

«Es sind alles langjährige treue Angestellte meines

Mannes. Nur seine Sekretärin, Eveline Oberholzer, ist erst seit einem Jahr für ihn tätig.»

«Und was für ein Verhältnis haben Sie zu ihr?»

«Ein sehr offenes. Ich würde es als neutrales Verhältnis bezeichnen. Wir können uns gut über alles unterhalten, sind oft einer Meinung. Aber es besteht keine freundschaftliche Beziehung.»

«War sie an jenem Montagabend bei Ihnen?»

«Sie wohnt bei uns im Haus. Weshalb fragen Sie?»

«Falls ich Ihr Alibi überprüfen muss, möchte ich mit jemandem sprechen, der Sie nicht unnötig in Verlegenheit bringt.»

«Sie sind ein eigenartiger Polizist, Herr Ferrari. Sie sorgen sich um mein Wohlergehen, obwohl Sie mich verdächtigen.»

Ferrari wurde verlegen.

«Ich weiss das zu schätzen. Es ist in dieser Situation nicht selbstverständlich, dass Sie mich nicht kompromittieren. Wissen Sie, wenn es unbedingt sein muss, dann muss ich da halt durch. Aber ich hoffe, dass es sich vermeiden lässt. Ich weiss nicht, wie mein Mann darauf reagieren würde. Und für eine zweite Fotomodellkarriere bin ich zu dick und zu alt.»

«Der Modeschöpfer, der dies so sieht, ist blind.»

«Vielen Dank für das Kompliment, Herr Ferrari.» Sie strahlte ihn an und warf einen flüchtigen Blick auf die Uhr.

«Mein Gott, es ist schon spät. Wie die Zeit vergeht. Haben Sie noch eine Frage oder bin ich entlassen?»

«Ich weiss vorerst alles, was ich wissen wollte. Vielen Dank, Frau Rebholz, Sie haben mir wahrscheinlich sehr weitergeholfen.»

Sie huschte davon. Ferrari bestellte sich einen Kaffee. Durchs Fenster sah er, wie Beatrice Rebholz über den Marktplatz glitt, als wäre sie auf dem Laufsteg, begleitet von bewundernden Männerblicken. Beatrice Rebholz war das, was man wohl gemeinhin als Vamp bezeichnete. Doch irgendwie ein liebenswürdiger Vamp. Und eine Sünde wert…

Frank Brehm wollte sich also tatsächlich scheiden lassen, einen Neuanfang wagen. Ohne Olivia Vischer, aber mit einer unbekannten Geliebten! Um nicht in Armut zu leben, hatte er mit Hauswirth einen Pakt geschlossen. Wenn die Geschichte von Beatrice Rebholz tatsächlich stimmte, und Ferrari zweifelte nicht daran, dann würde ihn diese neue Liebe zum Mörder führen. Was hatte Olivia Vischer gewusst oder vermutet und wie ernst nahm sie ihre Konkurrentin? Und wer sonst kannte den Namen der geheimnisvollen Dame? Vielleicht Herbert Kuhn.

# 20. Kapitel

Telefonisch konnte der Kommissär Herbert Kuhn nicht erreichen. Er war anscheinend nicht zu Hause oder nahm keine Gespräche entgegen. Ferrari hinterliess auf dem Anrufbeantworter eine Nachricht und entschloss sich, sein Glück bei Olivia Vischer zu versuchen. Vorsichtshalber informierte er den Staatsanwalt über seine nächsten Schritte. Zudem telefonierte er mit Hauswirths Sekretärin und teilte ihr mit, dass er auf dem Weg zu Frau Vischer sei. Der Anwalt leite eine wichtige Sitzung und sei deshalb unabkömmlich, wurde ihm mitgeteilt.

Ferraris Überraschung hielt sich in Grenzen, als ihm Hauswirth die Haustür der Villa Vischer öffnete.

«Guten Tag, Herr Dr. Hauswirth. Ich vermute, dass Sie meine Nachricht erhalten haben.»

«Guten Tag, Herr Ferrari. Bitte treten Sie ein. Frau Vischer erwartet Sie bereits.»

Nach einigen banalen Floskeln kam Ferrari zur Sache.

«Wenn Sie erlauben, möchte ich Ihnen noch einige Fragen stellen, die mich seit heute beschäftigen.»

«Bitte, Herr Ferrari. Einen Drink?»

«Vielen Dank, im Augenblick nicht.»

«Jetzt fehlt nur noch der Satz ‹Ich bin im Dienst› und das Klischee des Fernsehkommissars ist perfekt», scherzte sie.

«Es lag mir auf der Zunge, aber ich konnte es gerade noch runterschlucken. Frau Vischer, kannten Sie die Freundinnen Ihres Mannes … ich meine, alle?»

«Da bin ich mir ziemlich sicher. Ich musste ja seine Eskapaden immer wieder auslöffeln.»

«Er ist also laufend in Schwierigkeiten geraten.»

«Immer wieder und ausgebadet habe ich es.»

«Wussten Sie, dass sich Herr Brehm von Ihnen scheiden lassen wollte?»

«Frank?» Sie lachte hysterisch. «Hast du das gehört, Hans? Frank wollte sich von mir scheiden lassen.»

«Olivia, er sprach immer wieder mit mir darüber.»

«Hör auf, Hans. Du weisst so gut wie ich, dass er praktisch mittellos gewesen ist. Und auf alles hätte Frank verzichtet, aber nicht auf mein Geld.»

«Erzählen Sie bitte von unserem Gespräch, Herr Dr. Hauswirth.»

«Von welchem Gespräch?»

«Von dem Geschäft, das Sie mit Herrn Brehm einfädelten, oder besser von dem Deal, den Sie zusammen abschlossen.»

«Ich weiss nicht, wovon Sie sprechen, Herr Ferrari. Ich muss Sie jetzt dringend bitten, das Anwesen zu verlassen.»

«Ich nehme an, dass Herr Dr. Hauswirth befugt ist,

mich aus Ihrem Haus zu weisen, Frau Vischer. Dann weiche ich der Gewalt.»

Olivia Vischer ergriff seinen Arm.

«Bleiben Sie! Ich will wissen, worüber Sie beide gerade sprechen. Und behandelt mich nicht wie Luft. Ich verlange jetzt auf der Stelle eine Antwort.»

«Olivia, das ist ein Bluff. Siehst du denn nicht, dass er einen Keil zwischen uns treiben will?»

Frau Vischer schenkte sich einen Whisky ein.

«Hans! Ich will wissen, was hier vorgeht. Herr Ferrari, bluffen Sie?»

«Es ist kein Bluff, Frau Vischer. Dr. Hauswirth ist Ihnen eine Erklärung schuldig.»

«Du hast es gehört, Hans. Nun aber raus mit der Sprache.»

«Es ist nichts, reiner Unfug. Sieh ihn dir doch an. Er spielt Katz und Maus mit uns.»

«Dann sind Sie jetzt dran, Herr Ferrari. Was für einen Deal hat Hans meinem Mann angeboten?»

«Ich werde so sachlich wie irgend möglich rekapitulieren, was mir Dr. Hauswirth erzählte. Es existiert davon übrigens ein Protokoll, wobei ich zugeben muss, dass Dr. Hauswirth das Protokoll nicht unterschrieben hat.»

«Siehst du, ein fiktives Protokoll. Alles, um mich fertig zu machen.»

Ferrari war darauf gefasst, dass ihn der Anwalt tätlich angreifen würde. Als dies wider Erwarten nicht geschah, erzählte er weiter.

«Frank Brehm wollte sich von Ihnen scheiden lassen, das muss ich leider bestätigen. Ich erfuhr es durch Dr. Hauswirth und durch eine Exgeliebte Ihres Mannes, die mir nicht den Anschein vermittelte, dass sie sich mit ihrer Aussage an jemandem rächen wollte.»

«Und wovon wollte mein Mann leben? Er war pleite. Sehen Sie sich seine Kontoauszüge an. Seine Kreditlimite war vollständig ausgeschöpft. Sie können mir erzählen, was Sie wollen, aber Frank hätte nie, ich betone, niemals, auf seinen Lebensstandard verzichtet.»

«Deshalb kam es zu dieser eigenartigen Geschäftsbeziehung zwischen ihm und Dr. Hauswirth.»

«Lüge! Alles Lüge! Sie sind ein elender Lügner», schrie Hauswirth.

«Dr. Hauswirth wollte Frank Brehm mit einer grossen Summe ködern, genau genommen mit fünfzehn Millionen Franken.»

«Hans … Hans, sieh mich an. Stimmt das?»

Der Anwalt sass, um Jahre gealtert, eingeknickt auf dem Sofa.

«Hans, nochmals, und ich bitte dich unserer Freundschaft zuliebe, stimmt es?»

«Ja … Ja … ich konnte nicht anders», flüsterte er kaum hörbar.

«Aber wieso? Das ist alles so wirr, so unvorstellbar.» Sie füllte ihr Glas erneut.

«Ich könnte jetzt auch einen kleinen Drink vertragen, wenn ich so frech sein darf.»

Ferrari leerte das Glas in einem Zug.

«So, jetzt geht es mir besser.»

«Weshalb, Herr Ferrari? Ich kann es mir einfach nicht zusammenreimen.»

«Herr Dr. Hauswirth wollte Frank Brehm loswerden. Und zwar, weil er nicht mehr länger mit ansehen konnte, wie Sie unter dem Einfluss Ihres Mannes zu Grunde gingen. Aber auch aus einem gehörigen Stück Egoismus heraus.»

«Frank verlässt mich und Hans zieht bei mir ein und tröstet mich.»

«Ich liebe dich, Olivia! Ich liebe und verehre dich. Ich konnte doch nicht länger mit ansehen, wie du dich im Alkohol ersäufst. Versteh mich doch … bitte, Olivia!»

«Ich kann es nicht glauben! Hans, sag, dass das nicht wahr ist.»

«Ich hab es für dich getan, Olivia … für uns.»

«Verlass jetzt mein Haus, Hans. Ich möchte mit Herrn Ferrari noch einiges besprechen, alleine.»

«Bitte, Olivia, ich liebe dich.»

«Darf ich Sie bitten, Herrn Dr. Hauswirth zum Ausgang zu begleiten, Herr Ferrari?»

Der Anwalt liess sich willenlos zur Türe führen. Der Kommissär bat einen Bediensteten, Hauswirth nach Hause zu fahren, und kehrte in den Salon zurück.

«Das war ziemlich hart.»

«Was soll das, Herr Ferrari? Zuerst zünden Sie das Feuer an und dann spielen Sie Feuerwehr und löschen es wieder.»

«Ich wollte eigentlich nur darauf hinweisen, dass er Sie liebt.»

«Das weiss ich. Sie wollen damit sagen, der Zweck heiligt die Mittel, wie es so schön heisst.»

«Nein, da missverstehen Sie mich. Aber Ihr Mann war, nennen wir das Kind beim Namen, Ihr Mann war ein egoistisches Scheusal, ein menschenverachtendes Schwein … entschuldigen Sie, das hätte ich nicht sagen dürfen.»

«Nur weiter so, Herr Ferrari. Sagen Sie, was Sie wirklich denken.»

«Verdammt noch mal, es ist doch nichts als die Wahrheit. Wo ich auch hinkomme, mit wem ich auch rede, ich höre immer das Gleiche. Frank Brehm interessierte sich nur für eines, für sich selbst. Der Mann war ein Narziss in höchster Vollendung. Und Hauswirth ist ein verliebter Narr. Ein Mann, der aus Liebe zu Ihnen beinahe verrückt wird und der Sie vor Ihrem Mann beschützen wollte.»

«Wenn ich Sie so höre, dann frage ich mich, ob Sie Ihren Fall überhaupt lösen wollen.»

«Selbstverständlich löse ich den Fall. Das eine hat nichts mit dem anderen zu tun. Der Mörder muss gefasst werden. Es geht nicht an, dass jemand in der Gegend herumläuft und einen Menschen erschlägt, weil dieser ihn auf was für eine Weise auch immer gequält hat. Aber im Verlauf meiner Untersuchungen musste ich leider die Feststellung machen, dass Ihr Mann ein Unmensch gewesen ist. Und offen gesagt,

Hauswirth gehört zu meinen Hauptverdächtigen. Er ist intelligent, denkt analytisch und verfügt über ein ausreichendes Motiv. In seiner Verfassung halte ich alles für möglich. Er unterhielt sich kurz vor der Tatzeit mit Ihrem Mann im Atelier. Vielleicht konnten sie sich nicht einigen. Irrationales Handeln, einer irrationalen Situation angepasst. Und gerade das macht ihn gefährlich. Es wurden schon andere Taten aus Liebe begangen.»

«Ich kann es immer noch nicht fassen. Wenn ich mich beruhigt habe, werde ich mit Hans sprechen. Unter einer Bedingung …»

«Und die wäre?»

«Dass Sie mir alles erzählen, was Sie über diesen Deal wissen.»

Ferrari legte seine Karten offen auf den Tisch.

«Das hätte ich nie für möglich gehalten! Schlau eingefädelt von Hans, das muss ich neidlos anerkennen.»

«Aber dann ist Brehms Tod dazwischen gekommen, was das Problem für Dr. Hauswirth aus der Welt schaffte.»

«Eine Frage und bitte keine Ausflüchte, halten Sie Hans wirklich für den Mörder?»

«Ich bin mir nicht sicher. Erlauben Sie mir bitte nochmals auf meine Eingangsfrage zurückzukommen.»

«Und die war?»

«Kannten Sie alle Verehrerinnen Ihres Mannes?»

«Ich bin ziemlich sicher, dass ich über sein Liebesleben bestens informiert gewesen bin. Ich erfuhr immer alles über Umwege. Wenn ich es mir recht überlege, Hans brachte es mir jeweils schonend bei. Interessant, nicht wahr?»

«Und wussten Sie von den Scheidungsplänen Ihres Mannes?»

«Er wollte sich immer wieder mal scheiden lassen. Immer dann, wenn er pleite war. Das war sein letztes Druckmittel, um an mein Geld heranzukommen, und es funktionierte bestens.»

«Wie heisst die letzte Geliebte Ihres Mannes?»

«Beatrice Rebholz», lautete die Antwort, wie aus der Pistole geschossen.

«Das … das wissen Sie?» Ferrari konnte es nicht glauben.

«Erstaunt? Ich sage Ihnen doch, ich bin bestens informiert. Bei ihr bewies er wenigstens guten Geschmack.»

«Sie sind eine erstaunliche Person, Frau Vischer.»

«Ich fasse dies als Kompliment auf, Herr Ferrari. Wissen Sie, wenn man so etwas über Jahre hinweg mitmacht, stumpft man ab. Ich glaube sogar, dass sich Beatrice in meinen Mann verliebt hatte.»

«Ein weiterer Punkt für Sie.»

«Aber Frank leistete sich keine festen Bindungen bis auf die mit mir. Und ich war bereits eine Belastung für ihn.»

«Sie schildern alles so objektiv und wollten sich trotzdem nicht von ihm trennen, das verstehe ich einfach nicht.»

«Ich konnte nicht, Herr Ferrari. Ich versuchte es mehrmals. Aber meine Gefühle waren stärker. Ich bin nicht dagegen angekommen.»

«Von einer weiteren Liaison wussten Sie nichts?»

«Gleichzeitig mit Beatrice? Nein, da ist mir nichts bekannt. Gab es noch eine andere Geliebte?»

«Frau Rebholz vermutet es. Nein, sie ist sich ihrer Sache sicher.»

«Wie kommt sie darauf?»

«Ihr Mann beendete das Verhältnis mit Frau Rebholz, weil er eine andere Frau liebte.»

Olivia Vischer wurde nachdenklich.

«Eine andere Frau? Davon weiss ich nichts. Wer könnte das gewesen sein? Die grosse Unbekannte?»

«Es scheint so. Auf jeden Fall ist Frau Rebholz sicher, dass sich Ihr Mann in diese Person verliebt hat.»

«Frank verliebt? Er liebte nur sich selbst.»

«Er wollte allem Anschein nach ein neues Leben beginnen.»

«Ist er deshalb den Deal mit Hans eingegangen?»

«Vermutlich. Sie können sich nicht vorstellen, um wen es sich bei dieser Person handelt?»

«Nein … nein, es ist mir ein Rätsel.»

«Sind Sie sicher?»

«Wie … ja, ganz sicher. Haben Sie noch weitere Fragen an mich?»

«Nein, das wäre alles.»

«Dann begleite ich Sie noch hinaus.»

Das abrupte Ende der Unterredung überraschte Ferrari, doch er liess sich nichts anmerken.

«Sind Sie zu Fuss?»

«Ja, ich nehme das nächste Tram.»

«Soll Sie mein Chauffeur nach Hause bringen?»

«Nein, danke. Das ist grosszügig von Ihnen. Aber ich möchte noch einen Besuch bei Herbert Kuhn machen.»

«Wie gehts ihm?»

«Nicht gut. Der Tod Ihres Mannes hat ihn arg mitgenommen. Und natürlich auch der Selbstmordversuch seiner Freundin.»

«Haben Sie mit Isabelle gesprochen?»

«Ja, ich besuchte sie in der Psychiatrischen Universitätsklinik. Wir unterhielten uns angeregt.»

«Sie ist eine grossartige Frau.»

«Den Eindruck habe ich auch.»

«Ich hoffe, dass sie bald wieder gesund wird. Weiss sie, wer Sie sind?»

«Nein, der Chefarzt stellte mich als Freund vor. Ich wollte mir ein Bild von Kuhns Freundin machen. Und was ich gesehen habe, beeindruckte mich. Im Stillen hoffe ich wohl, etwas dazu beizutragen, dass die beiden wieder zueinander finden. Sie wirken hilflos und ich hatte den Eindruck, sie könnten einander helfen.»

«Oder zusammen untergehen. Sie hätten Pfarrer werden sollen, Herr Ferrari.»

«Lieber nicht, Frau Vischer. Verbrecher einfangen

ist spannender, nicht jeder Pfarrer ist ein Pater Braun. Übrigens, was Sie sagen, stimmt. Sie gehen vielleicht zusammen unter. Dieses Risiko müssen sie in Kauf nehmen. Aber, wenn es so weitergeht, gehen beide unabhängig voneinander wie Primeln ein.»

«Der Mensch ist eigenartig, Herr Ferrari. Liebe und Hass liegen so eng beieinander.» Sie wechselte plötzlich das Thema. «Herr Ferrari, nachdem, was Sie von meinem Mann halten, wäre es da nicht vernünftig …»

«Was wäre vernünftig?»

«Könnten Sie den Fall nicht auf sich beruhen lassen?»

«Ein eigenartiges Ansinnen, Frau Vischer. Das müssen Sie mir erklären.»

«Ist nicht schon genug passiert? Wenn Sie Franks Mörder finden, das bringt ihn auch nicht zurück. Glauben Sie an Gott, Herr Ferrari?»

Irritiert wiederholte Ferrari die Frage.

«An Gott?»

«Sie sind bestimmt katholisch, so wie Ihre italienische Familie.»

«Ich bin kein … ja, ich bin katholisch und ich glaube an Gott.»

«Könnte es nicht sein, dass Frank für seine Taten bestraft wurde? Durch Gottes Hand in Gestalt eines Menschen?»

«Ich bitte Sie, Frau Vischer. So etwas sollte man nicht einmal denken, geschweige denn aussprechen.

Kein Mensch hat das Recht, einen anderen Menschen zu töten. Das ist Selbstjustiz.»

«Hat ein Richter, er ist auch nur ein Mensch, das Recht, über andere Leute zu bestimmen?»

«Ein Richter ist von anderen Menschen eingesetzt, um Recht zu sprechen.»

«Und Sie haben nie erlebt, dass ein Richter sein Amt missbrauchte?»

«Doch, leider. Ein Richter ist auch …»

«… nur ein Mensch, wollten Sie sagen. Wo ist da der Unterschied zwischen einem Richter und einem Menschen, der sich sein Recht nimmt?»

«Der Unterschied besteht darin, dass ein Richter von uns gewählt wird, um dem Gesetz Geltung zu verschaffen. Wo kämen wir hin, wenn jeder seine Rechte oder das, was er als sein Recht betrachtet, selbst durchsetzen würde? Anarchie und Chaos wären die Folgen. Nein, Frau Vischer, meine Aufgabe ist es, den Mörder Ihres Mannes zu verhaften und ihn vor Gericht zu stellen. Und ich werde nichts unversucht lassen, meine Pflicht zu erfüllen.»

«Es war nur eine hypothetische Frage, Herr Ferrari. Graue Theorie, mehr nicht.»

Olivia Vischer verfiel ins Grübeln.

«Frau Vischer, rein theoretisch, kennen Sie den Mörder Ihres Mannes?»

«Und wenn es so wäre?»

«Dann sollten Sie es mir sagen.»

«Nein, ich kenne den Mörder nicht.»

«Oder anders herum gefragt, haben Sie eine Vermutung, wer Ihren Mann umgebracht haben könnte?»

«Nein!»

«Ich glaube Ihnen kein Wort, Frau Vischer!»

«Mit dem Glauben ist es so eine Sache, Herr Ferrari. Glauben ist nicht Wissen.»

«Sie verheimlichen mir etwas. Sie verdächtigen jemanden … mehr noch … Sie kennen den Mörder Ihres Mannes und Sie decken ihn aus irgendeinem Grund.»

«Blödsinn! Das bilden Sie sich nur ein.»

«Weshalb wollten Sie mir ausreden, weiter zu ermitteln?»

«Ich wollte es Ihnen nicht ausreden.»

«Ach ja? Dann täusche ich mich. Ich finde den Mörder, Frau Vischer, mit oder ohne Ihre Hilfe. Wenn Sie ihn kennen, geben Sie ihm oder ihr einen guten Rat von mir. Er oder sie soll sich stellen. Jetzt kann der Täter durch ein Geständnis noch mit einer milderen Strafe rechnen. Wenn ich ihn erwische, und ich werde ihn erwischen, dann gibt es für keinen Richter auf der Welt Anlass zur Milde.»

«Ich würde Ihre Ratschläge gerne befolgen, aber ich kenne den Mörder nicht», antwortete Olivia Vischer versöhnlich.

Der Kommissär verliess Frau Vischer mit sehr gemischten Gefühlen. Auf dem Weg zur Tramhaltestelle ging er das Gespräch nochmals Satz für Satz durch. Etwas Entscheidendes war ihm entgangen. Olivia

Vischer kannte den Mörder ihres Mannes. Wann genau war ihm das klar geworden? Und was hatte ihn darauf gebracht? Verdammt noch mal. Wieder einmal war er ins Plaudern gekommen, hatte sich ablenken lassen und das Wesentliche nicht erfasst. Gedankenversunken liess er ein Tram nach dem anderen vorbeifahren, ohne einzusteigen. Wen wollte Frau Vischer schützen? Oder anders gefragt, wer stand Olivia Vischer näher als der Mann, den sie doch so vergötterte? Ganz gegen seine übliche Gewohnheit setzte er sich im Tram auf den nächstbesten Sitz, fuhr bis zur Endstation und wieder zurück ins Stadtzentrum.

Im Büro fand er drei Nachrichten vor. Die erste war von Baer. Kurz und bündig liess er ihn wissen, dass er vom Arzt zwei Wochen krank geschrieben sei, das Arztzeugnis folge per Post. Auch gut, dachte Ferrari. Dann kann ich mir den Überraschungsbesuch schenken. Die zweite stammte von Herbert Kuhn. Er sei den ganzen Tag in der Psychiatrischen Universitätsklinik zu erreichen. Der Kommissär schloss daraus, dass er seinen Anrufbeantworter abhörte. Olivia Vischer bat als Dritte um einen dringenden Termin, am liebsten noch heute, um sechs Uhr abends im Büro des Kommissärs. Ferrari konnte sich gut vorstellen, aus welchem Grund dieses Gespräch stattfinden sollte.

# 21. Kapitel

Bestens gelaunt entschied sich Ferrari Herbert Kuhn und dessen Freundin in der Klinik aufzusuchen. Heute noch würde er den Fall zu den Akten legen können. Olivia Vischers Reaktion und vor allem das Gespräch, das am Abend stattfinden sollte, würde mit grösster Wahrscheinlichkeit zur Lösung des Mordfalls beitragen. Die Überführung des Täters war also reine Formsache! Und somit könnte er schon morgen früh Staatsanwalt Borer seinen Abschlussbericht auf den Tisch klatschen. In solchen Momenten war Borer nicht um seinen Job zu beneiden, denn er würde der Presse Red und Antwort stehen müssen, und wie er sich auch immer verhielt, irgendjemand würde ihm daraus später einen Strick drehen. Die Gesellschaft der oberen Zehntausend verzieh es nicht, wenn ihresgleichen auf die Anklagebank gesetzt wurde.

Nach Rücksprache mit dem leitenden Arzt konnte der Kommissär ungehindert durch die Parkanlage spazieren. Er wusste, wo er Isabelle Piatti und Herbert Kuhn finden würde. Die beiden sassen, ohne sich zu unterhalten, auf der Parkbank, wo er Isabelle Piatti kennen gelernt hatte.

«Störe ich?»

«Aber nein, Herr Ferrari. Ich freue mich, Sie wieder zu sehen.»

Isabelle begrüsste ihn wie einen alten Freund.

«Setzen Sie sich zu uns.»

Herbert Kuhn reichte ihm geistesabwesend die Hand. Isabelle Piatti zwinkerte dem Kommissär zu.

«Ich müsste Ihnen eigentlich böse sein.»

«Ich weiss, ich möchte mich auch entschuldigen.»

«Sie wissen also, weshalb.»

«Ich habe Ihnen was vorgegaukelt. Aber gelogen habe ich nicht, nur nicht alles gesagt.»

«Zum Beispiel die Kleinigkeit, dass Sie im Mordfall Brehm ermitteln.»

«Ja, das habe ich unterschlagen.»

«Und wie soll ich Ihren ersten Besuch deuten?»

«Er war, ich schwör es Ihnen, er war vollkommen privater Natur. Nach meinem Gespräch mit Ihrem Freund wollte ich Sie einfach kennen lernen.»

«Sie wollten nicht zufällig ein wenig Schicksal spielen?»

«Sie haben mich ertappt! Aus diesem Grund bin ich auch heute hier.»

Herbert Kuhn schien das Gespräch nicht zu verfolgen, er wirkte apathisch.

«Geht es Ihnen besser, Frau Piatti?»

«Viel besser. Die Zeit heilt alle Wunden, wie man so schön sagt.»

«Ich hoffe von ganzem Herzen, dass Ihre Wunden und die von Herrn Kuhn sehr, sehr schnell verheilen.»

«Wenn man hier sitzt, in der Abgeschiedenheit einer … einer Zelle, dann findet man zu sich. Für mich war dieser Aufenthalt eine Zeit der Meditation.»

«War?»

«Ich werde morgen entlassen. Ich bat darum. Ich bin in den letzten Tagen und Wochen vor mir selbst davongerannt. Aber irgendwann geht das nicht mehr. Der Atem wird zu schwer und die Probleme lassen sich nicht abschütteln. Es ist Zeit, sich ihnen zu stellen.»

«Ich wünsche Ihnen viel Kraft.»

«Kraft? Der Mensch ist glücklicherweise so programmiert, dass er mit der Zeit vergessen und verdrängen kann. Wenn man von Kindheit an alle Sorgen und Ängste mit sich herumschleppen müsste, würde man unter dieser Last zusammenbrechen. Das menschliche Gehirn streicht von Zeit zu Zeit Erlebnisse aus seinem Programm und lässt Platz für andere. Hoffentlich schönere Erlebnisse.»

«Das haben Sie schön gesagt, Frau Piatti.»

«Bitte nennen Sie mich doch Isabelle. Glauben Sie an Gott, Herr Ferrari?»

«Francesco, bitte. Seltsam, das wurde ich heute schon einmal gefragt. Ich glaube an Gott oder, besser gesagt, an eine höhere Macht, die über unser Schicksal wacht. Sie können es Gott oder wie auch immer nennen.»

«Und glauben Sie an das Übersinnliche?»

«An Wahrsagerei?»

«Nicht an Wahrsagerei, an Horoskope und solche

Dinge. Glauben Sie daran, dass es Menschen gibt, die über besondere Kräfte verfügen?»

«Ja, ich glaube, es gibt solche Menschen. So wie es Menschen gibt, die über ein besonderes Talent verfügen, zum Beispiel Sänger, Schauspieler, Führungspersönlichkeiten oder Künstler.»

«Ich habe gestern lange mit einer Frau telefoniert, von der man sagt, dass sie übersinnliche Fähigkeiten besitzt. Es war sehr aufschlussreich und äusserst beängstigend. Die Frau hat mich noch nie gesehen und trotzdem beraten, als wenn sie mich seit Jahren kennen würde.»

«Daran glaube ich eher weniger.»

«Sie müssen mit ihr sprechen, Francesco. Sie beantwortete meine Fragen ohne auszuweichen. Und einiges, was sie über mich wusste, konnte sie gar nicht wissen.»

«Ich weiss nicht … das ist eher nichts für mich.»

«Das Thema ist Ihnen unangenehm. Wieso?»

«Die Vorstellung, dass eine Person in meine Gedanken eindringt und mein Innerstes aufwühlt, lässt mich erschaudern. Ich möchte das nicht. Ich würde das auch nie zulassen. Genauso, wie ich nie wissen möchte, was mir die Zukunft bringt. Ich lebe in der Gegenwart und ich möchte mein Leben selber gestalten.»

«Sie haben Angst davor, Ihr Innerstes zu öffnen.»

«So ist es. Aber hat das nicht jeder Mensch?»

Sie dachte lange darüber nach.

«Vielleicht, Francesco, vielleicht haben Sie Recht.

Auf jeden Fall hat mir diese Frau sehr geholfen, mir die Augen geöffnet, dass ich nicht vor meinem Problem davonlaufen darf. Ich muss dagegen ankämpfen, ich muss meine Angst überwinden.»

Herbert Kuhn sass wie ein Fremder teilnahmslos auf der Bank. Ferrari versuchte, ihn ins Gespräch einzubinden.

«Was halten Sie vom Übersinnlichen, Herr Kuhn?»

«Ich … ich weiss nicht. Wie war Ihre Frage?»

«Lassen Sie ihn bitte in Ruhe, Francesco. Es ist gut gemeint, aber er ist nicht aufnahmefähig. Gehen wir einige Schritte?»

«Gerne.»

Schweigend spazierten sie durch den Park. Erst als sie vor dem Café standen, nahm Isabelle das Gespräch wieder auf.

«Das Leben ist eigenartig, Francesco. Als ich sah, wie es um Herbert steht, fiel eine Last von mir ab. Meine eigenen Probleme traten in den Hintergrund. Ich liebe Herbert und ich muss jetzt für ihn da sein.»

«Muten Sie sich nicht zu viel zu?»

«Ehrlich gesagt, ich weiss es nicht. Herbert braucht mich, nur das zählt. Trinken wir einen Kaffee, Francesco?»

«Sehr gerne.»

Auf einmal verflog ihre Heiterkeit.

«Ich muss Sie aber warnen.»

«Warnen? Wovor? Spannen Sie mich nicht auf die Folter.»

«Wir werden im Café erwartet. Kommen Sie, lassen Sie sich überraschen.»

Die Überraschung gelang. Im Café wartete Olivia Vischer und winkte Ferrari an ihren Tisch. Isabelle brachte auf einem Tablett drei Tassen Kaffee.

«Ich habe dir auch noch einen rausgelassen, Olivia.»

«Vielen Dank, Isa.»

Ferrari war noch immer verdutzt. Eine eigenartige Situation, in der er sich da befand.

«Ich weiss nicht, was ich von dieser Begegnung halten soll, Frau Vischer. Woher wussten Sie, dass ich hier bin?»

«Durch Dr. Borer. Wir sind Ihnen eine Erklärung schuldig, Herr Ferrari.»

«Ich glaube, nein, ich weiss, was Sie mir sagen wollen, Frau Vischer. Aber aus welchem Grund ziehen Sie Frau Piatti in die Angelegenheit hinein?»

«Olivia zieht mich nirgends rein, Francesco.»

«Was soll …»

«Hören Sie mir bitte zu, Francesco. Und bitte, bitte unterbrechen Sie mich nicht. Versprochen?»

«Einverstanden, Isabelle.»

«Sie suchen die Person, mit der Frank Brehm ein neues Leben beginnen wollte. Diese Person sitzt vor Ihnen.»

«Sie? Das ist … das … nein, das glaube ich nicht! Frau Vischer, ich weiss nicht, wie Sie es geschafft haben, dass mir Frau Piatti diesen Unsinn auftischt.

Aber damit kommen Sie nicht durch. Das schwöre ich Ihnen!»

«Francesco … bitte, es fällt mir sehr … sehr schwer. Ich muss meine ganze Kraft zusammennehmen, um es Ihnen zu erzählen. Machen Sie es mir bitte nicht noch schwerer.»

Isabelle Piatti war dem Zusammenbruch nahe. Olivia Vischer nahm sie in die Arme.

«Soll ich?»

«Nein! Ich muss es selber sagen, Olivia. Seit dem ersten Tag, an dem ich Frank kennen lernte, machte er mir Komplimente. Er beschenkte mich mit Kleinigkeiten, gab mir zu verstehen, dass er mich mochte. Das schmeichelt einer Frau ungemein, Francesco. Nach und nach wurden die kleinen Aufmerksamkeiten zur Gewohnheit. Herbert schien es nicht zu stören und mir gefiel es, wie der umschwärmte Künstler seinerseits mich verwöhnte. Als Herbert in München Franks Installation einrichtete, lud mich Frank zum Essen ein. Er gestand mir seine Liebe. Er verlangte ultimativ, ich solle Herbert verlassen, und versprach, dass er sich von Olivia scheiden lassen würde. Die Situation war vollständig ausser Kontrolle geraten. Ich war schockiert. Ich fühlte mich schuldig. Ich hätte ihn von Anfang an abweisen müssen, hätte klare Verhältnisse schaffen müssen. So aber hatte ich ihn in seinem Glauben bestärkt. Er meinte, ich würde ihm die gleichen Gefühle entgegenbringen. Aber das war nicht so. Ich sagte ihm, dass alles ein Missverständnis sei. Ich würde Herbert über alles lieben und er solle sich nicht in eine ausweglose Sache verrennen. Er war tief getroffen, das sah ich ihm an, aber er akzeptierte meine Entscheidung. In der gleichen Woche, am Donnerstag, rief mich Herbert von München aus an. Er bat mich um einen Gefallen. Ich sollte Frank ausrichten, ihn sofort im Hotel anzurufen. Ich versuchte, Herbert diesen Wunsch auszureden. Da er Frank aber nicht erreicht hatte, und ich hörte seiner Stimme an, dass er kurz vor einem Kollaps stand, liess ich mich überreden. Ich fuhr zu Frank ins Atelier. Wir tranken zusammen ein Glas Wein, er benahm sich wie früher. Wir unterhielten uns über sein letztes Bild. Plötzlich brachte er das Gespräch wieder auf seine Liebe zu mir. Ich fuhr ihm barsch ins Wort und bat ihn, sofort damit aufzuhören. Er begann Herbert zu beschimpfen, er sei ein Versager, eine Niete, ich sei viel zu schade für diesen Idioten. Ich weinte, stand auf und wollte nur noch eines, so schnell wie möglich das Atelier verlassen. Frank riss mich an sich und küsste mich. Ich wehrte mich, so gut ich konnte. Er zerrte mich zu Boden und …» Isabelle begann zu weinen.

«Frank hat sie vergewaltigt … und ich hätte es verhindern können», nahm Olivia das Gespräch auf.

«Sie?»

«Frank und ich stritten uns an diesem Nachmittag heftig. Ich hatte seine Kapriolen langsam, aber sicher satt. Als er wutentbrannt das Haus verliess, wusste ich, dass es zwischen uns aus war. Weibliche Intuition oder wie Sie es auch immer nennen wollen. Ich war fix und fertig und beschloss am Abend, Frank im Atelier aufzusuchen. Als ich die Ateliertüre öffnete, erwischte ich Isa und Frank in flagranti. Die Situation war eindeutig. Frank drehte sich mit wirrem Blick kurz zu mir um, lachte und liess sich nicht weiter stören.»

«Ich … ich konnte mich nicht wehren. Ich war wie gelähmt. Ich habe Olivia gesehen, sie mit Blicken um Hilfe angefleht. Aber ich war nicht in der Lage, zu schreien oder mich sonst wie zu wehren!», schluchzte Isabelle.

«Und ich, ich schätzte die Situation falsch ein. Ich dachte, Isa sei eine seiner Gespielinnen. Mir wurde übel. Ich schlug die Türe zu und erbrach mich im Hof. Mein Gott, ich hätte das Schlimmste verhindern können!»

Isabelle erholte sich nur langsam. Tränen rollten über ihre Wangen.

«Frank hat sich danach bei mir entschuldigt. Es sei mit ihm durchgegangen. Ich … ich fühlte mich so unsagbar schmutzig. Ich fuhr nach Hause, stand lange unter der Dusche, doch der innere Schmutz liess sich nicht abwaschen. Ich fühlte mich zutiefst schuldig, war unendlich verzweifelt und konnte mit niemandem darüber sprechen. Der erste klare Gedanke schien gleichsam der Ausweg zu sein – ich wollte mein Leben beenden.»

Ferrari fand keine Worte. Was er eben erfahren hatte, traf ihn im Innersten. Mit dieser Wende hatte er nicht gerechnet. Seine ganze Theorie, seine Vermutungen lösten sich in Luft auf.

«Ich … ich weiss nicht, was ich sagen soll. Weshalb haben Sie mir das vorhin nicht erzählt, Frau Vischer?»

«Weil … ich wollte nicht, dass Sie Isa damit belästigen. Bei unserem Gespräch ist mir auch erst richtig klar geworden, dass es Frank mit der Scheidung ernst gemeint hat. Isa sagte mir zwar, dass er wie ein verliebter Gockel vor ihr auf den Knien gelegen habe. Aber ich dachte, das sei wieder so eine Masche von ihm, um sie ins Bett zu kriegen. Ich wusste ja, dass mich Frank betrügt, ihn aber in flagranti zu erwischen, hat mich doch geschockt, und erst noch mit Isabelle. Das hatte ich nie und nimmer erwartet. Ich war wütend und masslos enttäuscht. Wie konnte ich mich nur so in Isabelle getäuscht haben? Und was hatte Franks wirrer Blick zu bedeuten? Erst Stunden später, als ich mich beruhigt hatte und wieder bei klarem Verstand war, beschlich mich ein seltsames undefinierbares Gefühl. Etwas stimmte nicht. Bloss was? Nachdem ich von Isabelles Selbstmordversuch erfahren hatte, besuchte ich sie in der Klinik. Sie erzählte mir die Wahrheit. Zutiefst schockiert, bin ich zu meinem Vater gefahren und sprach mit ihm darüber. Er wollte es zuerst gar nicht glauben. Wir vereinbarten, Herbert nach Hause zu holen und ihn zu informieren. Anschliessend wollten wir die Polizei einschalten. Ich rief Herbert in München an und liess ihn unter einem Vorwand durch Vaters Privatjet abholen. Ich glaube, ich sagte ihm, Frank hätte seine Installation im letzten Moment neu aufgezeichnet und er müsse ihn dringend sehen.»

«Was geschah danach?»

«Für Herbert brach eine Welt zusammen. Er weinte und wollte unbedingt Isa sehen. Wir konnten ihn überreden, die Nacht bei uns zu verbringen. Am anderen Morgen fuhren wir gemeinsam in die Klinik. Isa lag nur da, absolut regungslos. Herbert blieb bei ihr, sass tagelang an ihrem Bett. Ich bin oft hier gewesen und beobachtete die beiden heimlich. Es war furchtbar.»

«Und Frank Brehm? Wie verhielt er sich?»

«Für ihn war die Sache erledigt. Er ging zur Tagesordnung über.»

«Aber wer … wer hat Frank Brehm denn nun getötet?»

«Ich!»

Ferrari drehte sich langsam um und sah in die traurigen Augen von Herbert Kuhn.

«Sie? Sie haben Brehm ermordet?»

«Ich war es», schluchzte Kuhn. Isabelle war aufgesprungen, um ihren Freund zu stützen. «Ich habe ihn ermordet und ich werde damit nicht fertig. Ich bin froh, dass es vorbei ist. Ich kann nicht mehr. Frank war mein Vorbild! Wie konnte er das Isa antun, uns antun! Isa … Isa, ich liebe dich.»

«Ich liebe dich auch, Herbert. Wir stehen das gemeinsam durch.»

«Du hast genug gelitten, Liebes. Es muss jetzt ein Ende haben. Die Lügerei muss aufhören. Ich sass tagelang an ihrem Bett, doch es ging Isa nicht besser. So bin ich zu Frank gefahren, ich wollte ihn zur Rede stellen. Er brüllte vor Lachen. Er sagte, dass ich mich nicht so aufspielen solle. Isa habe es so gewollt, sie sei schon lange scharf auf ihn gewesen. Nur ein Idiot wie ich hätte das nicht bemerkt. Ich flehte ihn an, dass er damit aufhören sollte. Er lachte mich aus. Seine Anzüglichkeiten wurden immer schlimmer. Ich hielt mir die Ohren zu. Er genoss es, Isa und damit auch mich zu erniedrigen. Ich bin durchgedreht. Ich ergriff irgendeinen Gegenstand … ich glaube, es war ein Metallstock, mit dem Frank seine Farbe mischte, und schlug auf ihn ein. Er sackte zusammen. Als ich zur Besinnung kam, war es zu spät. Frank war tot. Ich schleppte ihn zur Fähre runter, um eine falsche Fährte zu legen. Hätte man ihn im Atelier gefunden, wäre der Verdacht doch gleich auf eine Person aus seinem engsten Umkreis gefallen. Das war wohl ziemlich naiv von mir.»

«Was haben Sie mit der Tatwaffe gemacht?»

Kuhn starrte mit leerem Blick auf seine Hände. «In den Rhein geworfen, einfach nur weg damit, einfach weggeworfen», stammelte er. «Ich habe mit meinen eigenen Händen einen Menschen getötet, mit diesen Händen! Sie sind doch da, um etwas Schönes zu erschaffen, Bilder zu malen. Mit meinen Händen wollte ich Menschen erfreuen, aber doch nicht töten. Ich komme nicht darüber hinweg. Und ich habe Isa im Stich gelassen wegen einer Ausstellung! Ich war nicht da, als sie mich brauchte. Ich hasse mich dafür …

ich kann nicht mehr, Isa», schluchzte Kuhn, von einem Weinkrampf heftig geschüttelt.

Isabelle nahm ihren Freund liebevoll in den Arm. Ferrari war erschüttert. Er hatte so manche Vermutungen, aber darauf war er nicht vorbereitet gewesen. Minutenlang sassen sie schweigend am Tisch.

«Gehen wir, Herr Ferrari?»

«Gehen? Wohin?»

«Ins Gefängnis. Ich bin ein Mörder.»

Ferrari blieb unschlüssig sitzen.

«Ich werde Sie morgen früh hier abholen lassen, Herr Kuhn. Wir müssen ein Protokoll aufnehmen. Ich werde jetzt den leitenden Arzt bitten, Sie bis morgen früh sicher unterzubringen. Kann ich Sie beide einen Augenblick sprechen, meine Damen?»

Der Kommissär setzte sich mit Olivia Vischer und Isabelle Piatti an einen Nebentisch.

«Ich möchte Herrn Kuhn heute nicht ins Untersuchungsgefängnis überführen. Ich befürchte, dass er sich etwas antun könnte. Deshalb würde ich ihn gerne hier lassen. Vielleicht möchten Sie auch nochmals eine Nacht mit ihrem Freund verbringen, Isabelle.»

Isabelle versuchte, nicht zu weinen.

«Ich danke Ihnen, Francesco.»

Ferrari bat den Arzt, Kuhn in Verwahrung zu nehmen, ohne näher auf den Grund einzugehen. Der Arzt weigerte sich zuerst, willigte jedoch nach kurzer telefonischer Rücksprache mit Professor Hilpert ein.

Der Kommissär verabschiedete sich von Isabelle Piatti und versicherte sich nochmals, dass Kuhn nicht fliehen konnte.

«Soll ich Sie nach Hause fahren, Herr Ferrari?»

«Wenn es Ihnen keine Umstände macht, Frau Vischer, sehr gern.»

Olivia Vischer lenkte ihren Lamborghini durch den Feierabendverkehr.

«Wie lange muss Herbert ins Gefängnis?»

«Das kann ich Ihnen nicht sagen. Das hängt vom Verteidiger ab. Wie er die Verteidigung aufbaut. Aber natürlich auch vom Richter.»

«Ich werde ihm einen Verteidiger besorgen.»

«Das ist gut. Vielleicht können Sie auch sonst ein wenig Ihre Beziehungen spielen lassen.»

«Sie meinen, ich soll den Richter kaufen?»

«Das wird nicht einmal Ihnen gelingen, zumindest hoffe ich das doch sehr. Aber vielleicht wird Staatsanwalt Borer selbst die Anklage vertreten. Er ist ja ein Studienkollege von Ihnen. Und er sieht es gern, wenn mächtige Leute seine Karriere fördern. Wenn der Staatsanwalt auf eine niedrige Strafe plädiert, wird ihm das Gericht wahrscheinlich folgen.»

«Und Sie? Was werden Sie aussagen?»

«Die Wahrheit. Die Wahrheit wird ungeschminkt in meinem Bericht stehen.»

«Wird Herbie die Zeit im Gefängnis überleben?»

«Ich … ich weiss es nicht, Frau Vischer. Wenn ich das nur wüsste.»

«Haben Sie vermutet, dass Herbert Kuhn der Täter ist?»

«Nein. Ich hatte einen anderen im Visier.»

«Hans … Dr. Hauswirth?»

«Unter anderem.»

Es würde sein Geheimnis bleiben, dass er Albert Vischer wegen Mordes an Frank Brehm verhaften wollte. Ächzend stieg Ferrari aus dem Sportwagen aus.

«Das muss ich nicht jeden Tag haben. Ich komme mir ja wie eine eingeklemmte Sardine vor. Vielen Dank, dass Sie mich nach Hause gefahren haben.»

«Nichts zu danken. Ich bedaure es sehr, dass wir uns unter diesen Umständen kennen gelernt haben, Herr Ferrari. Ich möchte Sie und Ihre Freundin gerne zu einem Nachtessen bei mir einladen. Kommen Sie?»

«Sehr gern. Da wird sich Monika, sicher freuen.»

«Sie nicht?»

«Doch, doch. Aber erst nach meinem Urlaub.»

# 22. Kapitel

Ferrari schleppte sich mit schmerzenden Gliedern durch die Eingangstüre.

«Hallo, Francesco.»

«Tag, Nikki, mein Schatz.» Er küsste sie auf die Wange.

«Spielst du mit mir UNO?»

«Später vielleicht. Ich hatte einen anstrengenden Tag.»

Monika schob ihre Tochter sanft aus dem Weg.

«Lass Francesco zuerst einmal Luft holen, Liebes.»

«Nie habt ihr Zeit für mich», protestierte Nikki und verschwand in ihrem Zimmer.

«Du siehst schlecht aus, Francesco. Bist du nicht weitergekommen?»

«Ich habe heute den Fall aufgeklärt.»

«Na, bravo, kann ich da nur sagen. Ich gratuliere dir.»

Ferrari setzte sich kommentarlos an den Küchentisch und schloss die Augen.

«Es gefällt dir etwas nicht. Willst du darüber reden?»

«Im Moment lieber nicht. Ich brauche ein wenig Ruhe.»

Monika kannte diesen Zustand sehr genau. Sie hakte nicht weiter nach. Es wäre sowieso sinnlos gewesen. Francesco musste zuerst einmal seine Gedanken ordnen, das Chaos in seinem Kopf entwirren. Dann würde er ihr in Ruhe alles der Reihe nach erzählen.

Der Kommissär griff wie in Trance nach einer Flasche Wein und schenkte sich ein Glas ein. Beinahe hätte er einen grauenhaften Fehler begangen. Ähnlich wie Baer, dachte er. Aber das war für den Kommissär nicht das eigentliche Problem. Besonders hart traf ihn die Erkenntnis, dass Herbert Kuhn den Künstler getötet hatte. Alles in ihm rebellierte gegen diese Vorstellung. Es konnte, nein, es durfte nicht wahr sein. Aber Isabelles Schilderungen klangen überzeugend. Er wog immer wieder Für und Wider ab. Er schenkte sich Wein nach und stellte erstaunt fest, dass er in der vergangenen halben Stunde eine ganze Flasche getrunken hatte. Ferrari erhob sich. Sein Kopf fühlte sich schwer an, sehr schwer. Und sein Magen rebellierte. Er spürte ein eigenartiges Zucken. Ja, der Fall war gelöst. Doch dieses Mal blieb das Siegesgefühl aus, keine Begeisterung, kein Triumph. Nichts als ein fahler Geschmack. Das Gute hatte nicht über das Böse gesiegt. So einfach war das Leben nicht. Mist, verdammter. Und was war aus seinem Vorsatz geworden, zwei jungen Menschen zu helfen, sie aus ihrem Dilemma zu befreien? Nichts, rein gar nichts. Ferrari blieb noch einen Moment stehen und atmete tief durch. Ein, aus, ein, aus. «So. Morgen werde ich den Täter der Justiz übergeben», murmelte er vor sich hin und setzte sich zu Monika ins Wohnzimmer.

«Fühlst du dich jetzt ein wenig besser?»

«Es geht.»

«Willst du etwas essen?»

«Ich habe heute noch nichts gegessen.»

«Ich mache uns rasch Sandwiches.»

Ferrari fühlte sich leer. Leer und traurig. Monika kam mit einem Teller voll belegter Brote und einer Flasche Wein ins Wohnzimmer zurück.

«Verträgst du noch ein Glas?»

«Ich glaube schon. Aber zuerst muss ich ein Sandwich essen.»

«Was ist passiert, Francesco? Normalerweise reagierst du anders, wenn ein Fall gelöst ist.»

«Interessiert es dich gar nicht, wer der Mörder ist?»

«Brennend, aber ich wollte dich nicht drängen.»

«Herbert Kuhn!»

«Nein, das ist unmöglich! Bist du sicher?»

«Es besteht kein Zweifel.» Der Kommissär erzählte Monika, wie es zu der Tat gekommen war.

«Das ist ja schrecklich. Die arme Frau! Dieses verfluchte Scheusal. Ich hätte den Kerl an Herbert Kuhns Stelle auch umgebracht.»

«Bitte, Monika, weisst du, was du da sagst?»

«Brehm hat auch gemordet. Nicht im wirklichen Sinn des Wortes. Er hat aber viele Menschen auf dem Gewissen, Olivia Vischer, Hans Hauswirth, Herbert Kuhn und vor allem Isabelle Piatti. Das sind nur vier, die ich in der kurzen Zeit aufzählen kann. Wie viele Frauen hat er noch vergewaltigt, die es tapfer ertrugen und dazu schwiegen?»

«Die meisten warfen sich ihm an den Hals.»

«Sicher, aber der Mann spielte Schicksal. Er wusste seine Macht einzusetzen, hat immer nur genommen, was er wollte. Ganz egal, wer dadurch auf der Strecke blieb. Grauenhaft. Was geschieht nun mit Herbert Kuhn?»

«Ich werde ihn morgen ins Untersuchungsgefängnis überführen.»

«Du hast ihn noch nicht verhaftet?»

«Doch, eigentlich schon. Er sitzt in der geschlossenen Abteilung der Psychiatrischen Universitätsklinik.»

«Francesco, was willst du jetzt tun?»

«Was ich tun werde? Was kann ich denn tun? Ich muss den Fall abschliessen und werde hoffen, dass Kuhn nicht allzu hart bestraft wird.»

«Eigentlich müsste Frank Brehm bestraft werden! Entschuldige, das war dumm von mir.»

«Brehm hat seinen eigenen Untergang eingeleitet. Wahrscheinlich wäre er früher oder später von einem anderen, vielleicht von Dr. Hauswirth, umgebracht worden. Oder er hätte sich zu Tode gesoffen. Ich musste noch nie einen Fall wie diesen untersuchen.»

«Ich weiss. Er liegt dir auch seit Beginn schwer auf. Mehr als alle anderen Fälle. Du hast noch über keinen Fall so oft mit mir diskutiert.»

«Die Sache übersteigt das Mass des Erträglichen. Ich

habe zwar einen Täter, aber der eigentliche Täter ist der Ermordete.»

«Hoffentlich sehen das die Richter auch so. Wie lange wird er eingesperrt?»

«Keine Ahnung. Einige Jahre, bei guter Führung ist er vielleicht in sechs Jahren wieder draussen. Aber das ist es nicht, was mir Sorgen macht …»

«Sondern?»

«Er wird nicht lange im Gefängnis sein.»

«Das kapiere ich nicht. Du hast doch gerade gesagt, dass er mindestens sechs Jahre hinter Gittern verbringen muss.»

«Er wird das Eingesperrtsein nicht verkraften. Ich befürchte, dass er sich bei der ersten sich bietenden Gelegenheit umbringen wird.»

«So, wie du ihn mir geschildert hast, wäre das möglich. Er scheint sehr sensibel zu sein.»

«Olivia Vischer hat mich nach Hause gefahren. Sie fragte mich, wie lange er absitzen muss. Und irgendwie hatte ich den Eindruck, dass sie sich nur erkundigte, weil sie auch so denkt wie ich. Er wird nicht einmal die Untersuchungshaft überleben.»

«Dann muss man ihn ständig beobachten lassen.»

«Das geht eine gewisse Zeit. Suizidgefährdete kann man nicht sechs Jahre rund um die Uhr bewachen. Ich bin sehr unglücklich darüber, wie das Ganze endet.»

«Mach dir doch bitte keine Vorwürfe, du hast nur deine Pflicht getan.»

«Habe ich das wirklich?»

«Ganz bestimmt, Francesco.»

Sie küsste ihn auf die Stirn und überliess ihn wieder seinen Gedanken. Monika wusste, dass er die halbe Nacht dasitzen und ins Leere starren würde. Hoffentlich kann er sich mit der Situation abfinden, dachte sie. Stunden später schlich Monika leise ins Wohnzimmer. Ferrari sass noch immer an der gleichen Stelle, die Ellbogen aufgestützt und die Hände wie zum Gebet gefaltet. Es dämmerte bereits, als der Kommissär beschloss, auf Monikas Computer seinen Abschlussbericht zu schreiben und ihn Staatsanwalt Borer vor Arbeitsbeginn auf den Tisch zu legen. Langsam, jedes einzelne Wort abwägend, tippte er den Bericht ein. Er schilderte nochmals den Fund der Leiche, die Ergebnisse der Autopsie, fasste die Aussagen der einzelnen Zeugen und Verdächtigen zusammen und kam dann zum Geständnis des Täters:

*Herbert Kuhn gestand am Montag, 3. Juli 2006, vor den Zeugen Isabelle Piatti und Olivia Vischer im Café der Psychiatrischen Universitätsklinik, dass er seinen Arbeitgeber und Freund Frank Brehm mit einer Metallstange, die Brehm zum Anrühren der Farben verwendete, erschlug. Frank Brehm hatte Isabelle Piatti zum Geschlechtsverkehr gegen ihren Willen gezwungen. Isabelle Piatti erlitt einen schweren Schock. Nach einem Selbstmordversuch wurde sie in letzter Minute in die Psychiatrische Universitätsklinik eingeliefert.*

*Nachdem Herbert Kuhn durch Olivia und Albert Vischer erfuhr, dass Frank Brehm seine Freundin vergewaltigt hatte, besuchte Herbert Kuhn das Opfer in der Klinik. Er verliess nach Aussage des leitenden Arztes die Psychiatrische Universitätsklinik in den folgenden Tagen nicht mehr. Es sass die ganze Zeit über, mit Ausnahme einiger weniger Ruhepausen, am Krankenbett des Opfers.*

*Nach einigen Tagen stellte Herr Kuhn seinen Freund und Arbeitgeber zur Rede. Frank Brehm beschimpfte ihn aufs Übelste. Er ging sogar soweit, dass er in Abrede stellte, dass er Isabelle Piatti vergewaltigt habe. Sie habe sich ihm aus freien Stücken hingegeben. Herbert Kuhn flehte seinen Freund an, diese Behauptung zurückzunehmen. Es kam zu einem heftigen Streit. Während dieses Streites, in dem der Täter von Frank Brehm bedrängt wurde, ergriff Herbert Kuhn den nächstbesten Gegenstand und schlug auf Frank Brehm ein. Nach dem ersten Schlag fiel der Künstler zu Boden. Herbert Kuhn konnte nur noch den Tod seines Freundes konstatieren. In grosser Panik schleppte er den Toten auf die Klingentalfähre, wo die Leiche am folgenden Morgen vom Fährimann gefunden wurde.*

Der Kommissär ergänzte seinen Bericht mit den notwendigen Formalitäten, las ihn mehrmals durch, verbesserte ihn an einigen Stellen, druckte ihn zweifach aus und unterschrieb ihn mit seiner markanten Unterschrift.

Bereits um halb sieben verliess Ferrari unrasiert das Haus und legte kurze Zeit später den Bericht auf den Tisch des Staatsanwaltes. Kurz nach acht wurde er von Borer ins Büro zitiert.

«Nehmen Sie Platz, Ferrari. Sie sehen aus, als wenn Sie die ganze Nacht durchgezecht hätten.» Der Staatsanwalt war bester Laune, der letzte Streit schien vergessen. Der Kommissär atmete erleichtert auf.

«So ähnlich war es auch.»

«Ich habe Ihren Bericht gelesen. Ich gratuliere Ihnen, eine hervorragende Arbeit.»

«Besten Dank, Herr Staatsanwalt.»

«Wenn Sie einverstanden sind, möchte ich den einen Satz ein wenig ändern.»

«Welchen Satz, Herr Staatsanwalt?»

«Hier, diesen.»

Er las ihn laut vor.

«Es wäre mir lieber, wenn Sie das Wort ‹bedrängt› durch ‹angegriffen› ersetzen könnten. Es würde dann heissen: ‹Während dieses Streites, in dem der Täter von Frank Brehm angegriffen wurde …›»

«Selbstverständlich, kein Problem. Haben Sie noch weitere Änderungswünsche?»

«Nein, das wäre dann alles.»

«Ich werde die Änderung sofort vornehmen und Ihnen meinen Bericht in einer halben Stunde vorlegen.»

«Vielen Dank. Nochmals mein Kompliment, Ferrari, eine ausgezeichnete Arbeit.»

Der Staatsanwalt schloss die Akte und reichte sie dem Kommissär.

«Wie es aussieht, hat Frank Brehm in alkoholisiertem Zustand mit Herbert Kuhn gesprochen.»

«Die Autopsie ergab eine unglückliche Zusammensetzung von Alkohol und Tabletten, wie in meinem Bericht eingangs erwähnt ist», bestätigte Ferrari.

«Stimmt. Jetzt fällt es mir wieder ein. Man könnte sagen, Herr Brehm wusste nicht, was er tat. Er war unberechenbar, unzurechnungsfähig. Kuhn hat das sicherlich bemerkt. Seine Angst, was verständlich ist, muss sehr gross gewesen sein.»

«Herbert Kuhn ist höchstwahrscheinlich in Panik geraten.»

«Dem kann ich nur zustimmen. Je genauer ich Ihren Bericht studiere, desto mehr komme ich zur Auffassung, dass Kuhn den Angriff seines alkoholisierten, ich gehe sogar weiter, seines verrückten Freundes abwehren musste. Ein guter Verteidiger wird ohne Zweifel auf Notwehr plädieren.»

«Das sehe ich auch so, Herr Staatsanwalt.»

«Ihr Bericht deutet eindeutig darauf hin. Wahrscheinlich wird die Anklage reine Formsache sein. Befindet sich Herr Kuhn in Untersuchungshaft?»

«Er ist zurzeit noch in der Psychiatrischen Universitätsklinik, unter Beobachtung.»

«Dort soll er vorerst bleiben. Ich werde die Akte nochmals genauestens studieren. In einer halben Stunde?»

«Das geht in Ordnung, Herr Staatsanwalt.»

Ferrari blieb an der Türe stehen.

«Wie stehen die Chancen, dass Herbert Kuhn freigesprochen wird?»

«Gut. Es liegt an Ihnen, bei Ihrem Bericht. Ich werde voll dahinter stehen.»

Der Kommissär öffnete die Tür.

«Ferrari!»

«Ja, Herr Staatsanwalt?»

«Glauben Sie, dass Herbert Kuhn je wieder zum Täter werden könnte?»

«Das schliesse ich mit hundertprozentiger Sicherheit aus.»

«Vermerken Sie das bitte am Schluss ihres Berichtes, Ferrari.»

«Mache ich. Danke, Herr Staatsanwalt.»

«Wir tun beide nur unsere Pflicht. Frank Brehm war ein … ein irregeleiteter Mensch. Er hat viel zerstört, sehr viel sogar. Wir sollten ihm nicht die letzte Genugtuung verschaffen, dass er auch noch das Leben zweier junger Menschen über seinen Tod hinaus zerstören kann.»

Der Kommissär drückte die Akte an seine Brust. Ein Lächeln flog über sein Gesicht. Ferrari fühlte sich leicht, so leicht und befreit wie lange nicht mehr.

«Heute ist ein guter Tag, Herr Staatsanwalt. Glauben Sie eigentlich an Gott?»

Noch bevor Borer eine Antwort geben konnte, fiel die Tür ins Schloss.

# 23. Kapitel

Staatsanwalt Borer lobte an der Pressekonferenz die Polizeiarbeit in den höchsten Tönen. Er selbst sei selbstverständlich massgeblich daran beteiligt gewesen und schon von Beginn an habe man in Betracht gezogen, dass es sich um Notwehr gehandelt haben könnte. Er schilderte den Aufstieg und den Fall des grossen Künstlers, ohne jemanden zu kompromittieren. Detailfragen wich er geschickt aus. Trotzdem gelang es ihm, die hungrige Meute der Journalisten zu füttern. Herbert Kuhn wurde einige Tage später aus der Psychiatrischen Universitätsklinik entlassen. Wie Staatsanwalt Borer prophezeit hatte, wurde Herbert Kuhn freigesprochen. Ein klarer Fall von Notwehr.

Im März erhielt Ferrari eine persönliche Einladung von der Galerie Schneider & Wohlfahrt zur Vernissage der ersten Einzelausstellung von Herbert Kuhn. Der Kommissär war erst nach massiven Drohungen von Monika, die ein Komplott mit Olivia Vischer geschmiedet hatte, bereit, die Einladung anzunehmen. Die gesamte High Society der Stadt erlebte die Taufe eines neuen Genies. Isabelle Piatti und Olivia Vischer kümmerten sich aufopfernd um Ferrari, der sich in dieser Gesellschaft höchst verloren vorkam. Stehpartys, kleine Häppchen, Sehen und Gesehenwerden, das war definitiv nicht seine Welt. Da sass er viel lieber zu Hause auf dem Sofa, trank ein Glas Wein und versuchte, seinen neusten Fall zu lösen. Aber das war eine ganz andere Geschichte.

## Weitere Krimis im Friedrich Reinhardt Verlag

Damit wir in Basel geruhsame Nächte verbringen können, ist einer pausenlos im Einsatz: Francesco Ferrari, Kommissär der alten Schule.

«Ein gewandt geschriebener Krimi mit viel Basler Lokalkolorit und einem ausgesprochen ‹gmögigen› Kommissär.»

*Blick*

Anne Gold
**Spiel mit dem Tod**
286 Seiten
Hardcover
mit Schutzumschlag
CHF 29.80, € 19.80
ISBN 978-3-7245-1471-8

Anne Gold
**Requiem für einen Rockstar**
280 Seiten
Hardcover
mit Schutzumschlag
CHF 29.80, € 19.80
ISBN 978-3-7245-1538-8

Ben Kayser
**Das Geheimnis der toten Köchin**
260 Seiten
Hardcover
mit Schutzumschlag
CHF 29.80, € 19.80
ISBN 978-3-7245-1593-7

Ben Kayser
**Ein Feind zu viel**
329 Seiten
Hardcover
mit Schutzumschlag
CHF 29.80, € 19.80
ISBN 978-3-7245-1658-3

Dani von Wattenwyl
**Der Maulwurf**
436 Seiten
Hardcover
mit Schutzumschlag
CHF 34.80, € 23.–
ISBN 978-7245-1681-1